DistelLiteraturVerlag

Jean-Patrick Manchette, geboren 1942 in Marseille, liebte Jazz, Kino und Literatur. Entsprechend virtuos wußte er Bilder aus Alltag, Abenteuer und Sozialkritik mit den Klängen eines großen *roman noir* zu verbinden. Durch seinen erzählerischen Reduktionismus, knappe Dialoge, kurze Sätze, und hintergründigen Humor hat Manchette – an die Tradition von Raymond Chandler und Dashiell Hammett anküpfend – eine moderne auf Europa zugeschnittene Form des amerikanischen «hard-boiled» Krimis gefunden. Manchette gilt als Begründer des neueren sozialkritischen französischen Kriminalromans, des sogenannten *néo-polar*. Er arbeitete als Drehbuchautor und veröffentlichte u. a. zehn Kriminalromane, von denen die meisten verfilmt wurden, so «Nada» von Claude Chabrol und «Que d'os!» («Knüppeldick«) von und mit Alain Delon.
1995 starb Manchette im Alter von nur 52 Jahren in Paris. Er wurde zur Leitfigur für eine neue Generation von Krimiautoren in Frankreich.

Jean-Patrick Manchette

Volles Leichenhaus

Aus dem Französischen von
Christina Mansfeld und Stefan Linster

DistelLiteraturVerlag

Deutsche Ausgabe

Sonnengasse 11, 74072 Heilbronn
Die Originalausgabe erschien 1973
unter dem Titel «Morgue Pleine» in der Série Noire
bei Éditions Gallimard (Paris)

Druck und Bindung: Fritz Steinmeier, Nördlingen
Umschlagentwurf: Jürgen Knauer, Heilbronn
ISBN 3-923208-43-X

1

Der Montag war besonders deprimierend. Um neun Uhr klingelte der Wecker, und ich setzte mich auf das Bett. Falls man dazu Bett sagen konnte. Übrigens hatte ich schon seit zwei Stunden nicht mehr richtig geschlafen, nur gedöst. Hingelegt hatte ich mich abends um halb elf. Ich schlafe viel. Oder döse viel, na ja, je nachdem.

Ich brachte mein Lager halbwegs in Ordnung, deckte den abgenutzten blauen Samtüberzug wieder drauf, klappte das Rückenteil und die Armlehnen hoch und schob das Ganze an die Wand. Doch, sah fast wie ein Sofa aus.

Ich hatte nur Unterhosen an. Es war kühl. Ein beschissener Frühling in diesem Jahr, und nun begann es zu regnen, im Hof hinter dem Milchglasfenster und wahrscheinlich in der übrigen Stadt auch. Ich lüftete trotzdem, mit dem Erfolg, daß das Wasser nun innen die Wand runterlief. Also machte ich wieder zu. Ich sortierte die Zeitungen im Zeitungsständer, alles alte Ausgaben, *Express*, *Paris-Match*, *Lectures pour Tous* und eine einzelne *Newsweek*. Nicht, daß ich Amerikanisch oder so spreche, aber das wirkt international, damit hat man Format.

Für wen eigentlich?

Ich schlurfte durch das Büro in die Küche. Am Ausguß wusch ich mir kurz das Gesicht und rasierte mich. Wie immer beim Rasieren sah ich in den rechteckigen Spiegel, der an der Wasserleitung hing. Zu alledem schnitt ich mich auch noch und konnte lange die Blutung nicht stillen. Es war fast zehn, als ich meine Zwei-Zimmer-Küche-Diele-Wohnung verließ. Auf dem Treppenabsatz steuerte ich kurz das Gemeinschaftsklo an, dann ging ich (vier Etagen ohne Aufzug) runter an die Ecke Rue Saint-Martin einen Kaffee trinken. Auf der Straße die übliche Autoflut, vor zehn Jahren hätte man Stau dazu gesagt, mittlerweile fand man den Verkehr «flüssig». Flüssig vielleicht – abgasgeschwängert ganz sicher. Die Nutten hatten schon den Rückzug in die Hoteleingänge angetreten. In zehn Jahren werden sie selbst dort die Stellung nicht mehr halten können, dann wird ihnen die Luft ganz ausgehen, oder sie müssen zum Anschaffen raus aufs Land.

Für den Kaffee mußte ich meinen letzten Hunderter anreißen. Der Gang zur Bank war unvermeidbar, doch was hatte ich noch auf der Bank? Nicht mal mehr einen Riesen. Und in sechs Wochen war die Miete fällig. Einhundertzwanzigtausend alte Franc. Es sah schlecht aus.

Ich stieg wieder zu mir hoch, und die vier Etagen gingen mir ganz schön in die Beine. Kein Wunder, daß niemand zu mir raufkam. Wie lange war ich eigentlich schon hier? Drei Monate, noch nicht ganz. Meine gesamten Ersparnisse waren dabei draufgegangen. Ich stand vor meiner Tür und betrachtete die angezweckte Visitenkarte. E. TARPON, Ermittlungen. Die Ecken verbogen sich langsam, aber sicher und vergilbten auch. Vielleicht sollte ich unten ein Schild anbringen? Ach nein. Heutzutage rufen die Leute immer zuerst an. In diesem Moment klingelte drinnen das Telefon.

Ich holte schnell meine Schlüssel raus und ging rein. Ich

lief durch das Vorzimmer, das heißt mein Schlafzimmer, und hob auf dem Schreibtisch im Büro den Hörer ab.

«Eugène?»

«Wer ist am Apparat?» fragte ich.

«Foran. Weißt du noch?»

«Und ob! Du bist in Paris?»

«Seit drei Wochen. Ich bin auch gegangen.»

«Ah so. Weshalb denn?»

«Erkläre ich dir später. Kann ich dich treffen?»

«Na ja, schon», brummte ich ...

«Wir essen zusammen. Du wohnst doch an den Hallen, oder? Da gibt es wenigstens noch gute Bistros. Ich hol dich ab.»

Ich sagte, daß ich einverstanden sei, und er sagte mir, er könne jetzt nicht länger sprechen, daß er mir aber alles erzählen würde, daß wir beim Essen reden würden, und dann legte er auf und ich auch. Besondere Lust, diesen Foran zu sehen, hatte ich nicht.

Von seinem Anruf bis zu seinem Eintreffen geschah nichts Besonderes. Ich machte meinen Frühsport. Ich wusch in der Küche ein paar Sachen und hängte sie zum Trocknen auf. Ich war gerade mit dem Aufhängen fertig, als es klingelte. Halb zwölf, für Foran etwas zu früh, vielleicht ein Klient. Ich trocknete mir die Hände ab, zog mein Jackett wieder über und ging aufmachen. Die Zeugen Jehovas. Höflich bat ich sie, sich zum Teufel zu scheren. Sie ließen mir ein Traktat da, das ich ungelesen wegwarf. So war wenigstens etwas in meinem Papierkorb.

Das sah nach Arbeit aus.

Dann nahm ich mir ein Buch aus dem Regal im Vorzimmer und setzte mich auf das blaue Sofa. Ich hörte die Nähmaschine von dem Schneider über mir, er heißt Stanislavski. In dem Buch ging es um den Generationskonflikt. Es spielte bei Reichen, und da gab es ein Balg, das auf die schiefe Bahn geriet und einen auf Hippie machen wollte. Der Vater kämpfte mit ganzer Kraft gegen diese gefährliche Neigung an, und es gelang ihm, die Oberhand zu gewinnen, doch nach und nach verging ihm der Spaß an seinem eigenen Leben, und als das Balg sich endlich dazu entschloß zu spuren und wie jedermann Führungskraft zu werden, machte sich plötzlich der Vater aus dem Staub. Er tauchte nie mehr auf, und dabei beließ es der Autor, was mir ziemlich unfair vorkam. Was sich dann abgespielt hat, hätte ich gern gewußt. Was dem Vater passiert ist. Wahrscheinlich war der Autor unfähig, sich das auszudenken.

Abermals wurde die Klingel betätigt. Ich legte mein Buch weg und machte auf. Foran. Er hatte weiter an Gewicht zugelegt, doch er war in Zivil, so daß er nicht mehr so nach Hermann Göring aussah wie früher. Er trug einen blauen Anzug mit roter Krawatte zu weißem Hemd, und auch sein Gesicht zeigte Flagge, kleine blaue Augen in der aufgedunsenen roten Visage unter strohblondem Bürstenhaar. Er japste. Er stand einen Moment da und brachte nichts heraus, dann sagte er:

«Die haut einen ja um, deine Treppe. Die Klienten kommen hier hoch?»

Ich zuckte mit den Schultern.

«Wie geht's dir?» fragte ich.

«Es geht. Kannst du mir was anbieten?»

Ich ging vor ins Büro.

«Setz dich.»

Ich lief rüber in die Küche und machte die Tür hinter mir zu, damit er nicht nachkam. Ich goß zwei Ricard ein und stellte sie zusammen mit einer Wasserkaraffe auf ein Tablett und ging ins Büro zurück.

«Eis hab ich keins», teilte ich ihm mit.

Er antwortete nicht. Er hatte sich nicht gesetzt. Er spazierte im Zimmer herum und besah sich alles, den Schreibtisch aus hellem Eichenimitat mit Schubfächern an beiden Seiten, den leeren Aktenschrank aus Metall, den Sperrholzstuhl und den Skai-Sessel. Einen Martini-Aschenbecher auf dem Schreibtisch und eine Lampe. Das Traktat der Zeugen Jehovas im Papierkorb. Brandflecken von Zigaretten auf dem Teppichboden.

«Wie laufen die Geschäfte?» fragte er.

«Wie du siehst.»

«Nicht besonders?»

Ich zuckte wieder mit den Schultern. Er goß Wasser in jedes Glas und stieß mit seinem an meinem an, das ich mir noch nicht genommen hatte.

«Gerade deshalb wollte ich dich ja sehen», erklärte er. «Um dir einen Job anzubieten. Du wärst also frei, wenn ich das richtig verstehe?»

«Was für einen Job?»

«Wir reden beim Essen drüber.»

Ich hatte keine Lust, mit ihm zu essen.

«Was für einen Job?» wiederholte ich.

Er setzte sich in den Sessel, schwenkte den Ricard in seinem Glas und sah mich lächelnd an.

«Immer noch verbittert, was? Immer noch mißtrauisch? Eine richtige Mimose, was? Du mußt auf den Boden der Tatsachen zurückkommen, Eugène. Du machst hier rein gar nichts, und das wissen wir beide. Vielleicht ein oder zwei Fälle, seit du aufgemacht hast. Eine Scheidung. Einen Buchhalter beschatten. Bestenfalls, wenn überhaupt! Irre ich mich?»

Ich setzte mich auf den Stuhl und probierte meinen lauwarmen Ricard.

«Du gehst mir auf die Nerven, Foran. Erzähl mir deine kleine Geschichte. Anschließend gehen wir vielleicht zusammen essen. Aber auf getrennte Rechnung. Soweit zu uns beiden.»

Er lächelte einen Moment lang weiter, dann hielt sein Lächeln nicht mehr.

«Schon gut, schon gut. Wenn das so ist. Ich stelle eine Mannschaft zusammen. Auch Privatpolizei, aber bei mir sind das konkrete Projekte, keine Luftschlösser. Ich hab schon Kontakte geknüpft, mit großen Buden. Bei dem Job geht's um die Schulung und militärische Organisation von Wachen. Nur, wir müßten zu fünft oder sechst sein. Da hab ich an dich gedacht.»

«Militärische Organisation von Wachen», wiederholte ich. «Was für Wachen?»

«Betriebswachen, wenn du so willst.»

«Verstehe.»

«Das kommt doch jetzt genau richtig», beteuerte er, und das Lächeln breitete sich wieder über seine Visage.

«Verstehe», wiederholte ich. «Hau ab.»

Er glaubte, sich verhört zu haben.

«Raus», sagte ich. «Verschwinde. Leck mich.»

Er wurde nicht einmal wütend. Er stand kopfschüttelnd auf, die fleischigen Lippen zu einem belustigten Maul verzogen.

«Solltest dich nicht so aufregen», meinte er. «Aber ich versteh schon. Ich nehm es dir nicht übel. Ich laß dir meine Karte da.»

«Nicht nötig.»

«Du könntest deine Meinung ja ändern. So was kommt vor.»

«Adieu, Foran», sagte ich.

Er trank erst noch sein Glas aus und winkte mir ansatzweise mit seiner dicken kurzen Hand zu, dann ging er. Ich nahm die Karte, die er auf eine Ecke des Schreibtischs gelegt hatte. Braune Schrift auf Pappe in einem Farbton wie ranzige Butter, sah gar nicht wie eine Visitenkarte aus, eher wie der Berufsausweis von jemandem aus der Gastronomie, und darauf war zu lesen: *Militärisch organisierte*

Überwachung von Industrieanlagen, und darunter: *Charles Foran, Direktor*, und darunter weiter: *durch ehemalige Angehörige der Gendarmerie und der Streitkräfte. AUSSCHLIESSLICH FRANZÖSISCHES PERSONAL;* und zuletzt eine Adresse in Saint-Cloud und eine Telefonnummer. Auf der Rückseite stand in verschnörkelten Buchstaben nur: *MÜVI.*

Ich drehte die Karte eine Weile hin und her, stieß dann einen tiefen Seufzer aus und zerriß sie. Die Stückchen warf ich in den Papierkorb zu dem mystischen Glaubenstraktat. Das sah zunehmend nach Arbeit aus. Bei dem Tempo konnte ich in einem halben oder einem Jahr mit einem vollen Korb rechnen.

Ich hatte noch zwei Eier im Kühlschrank und Käse. Das aß ich zu Mittag. Ich hatte keine Lust, runter etwas anderes kaufen zu gehen. Ich wusch die Pfanne ab, den Teller, das Besteck, mein Glas und das von Foran. Ich machte mir einen Nescafé und nahm ihn mit ins Vorzimmer. Die Blumen in der Vase auf dem kleinen runden Tisch waren verwelkt. Ich ging sie wegwerfen, kam zurück und setzte mich wieder auf das blaue Sofa. Ich blieb eine ganze Weile so hocken und tat gar nichts, dann las ich einige Seiten in dem Buch, das mir Stanislavski, der Schneider von oben, geliehen hatte, *Die neue Gesellschaft* von einem gewissen Merlino. Es stammt von 1893 und ist ziemlich schlecht gedruckt. Ich konnte irgendwie kein Interesse dafür aufbringen. Alles, was mir Stanislavski leiht, ist sehr seltsam.

Schließlich ging ich wieder ins Büro und nahm den Telefonhörer ab. Es dauerte etwas, bis ich zu der Nummer im Departement Allier durchgestellt wurde.

«Hallo?» hörte ich in der Ferne.

«Teilnehmer, bitte melden», drängte die Frau vom Amt.

«Hallo», meinte ich, «ist dort das Hotel Chartier?»

Es krachte mehrmals hintereinander in der Leitung, und ich hörte, wie jemand ungeduldig «Hallo? Hallo?» rief, dann wurde die Verbindung plötzlich gut, und die Stimme schmetterte in mein Ohr.

«Wer ist am Apparat?»

«Eugène Tarpon. Sind Sie es, Madame Marthe?»

Sie war es und wollte wissen, wie es mir ging, und ich sagte, gut, und fragte, ob sie meine Mutter holen könne. Sie antwortete, mache ich, und ich merkte, daß sie unzufrieden war, weil ich mir nicht die Zeit nahm, mit ihr die Dorfnachrichten durchzugehen und mich zu erkundigen, wer in letzter Zeit gestorben war und ähnlich erfreuliches Zeug.

Es dauerte etwas, bis meine Mutter an den Apparat kam. Sie wohnt zwar nur fünfzig Meter vom Hotel Chartier entfernt, ist aber neunundsechzig und kann sich nicht schnell fortbewegen. Außerdem hat sie nie vernünftig telefonieren gelernt. Ich verstand noch nicht einmal die Hälfte von dem, was sie schrie, und sie verstand fast nichts von dem, was ich sagte. Ich hatte immerzu im Hinterkopf, wieviel Einheiten den Bach runtergingen, und fragte mich, was mich der ganze Spaß noch kosten würde.

«Was sagst du?», schrie meine Mutter.

Sie schreit immer ins Telefon.

«Ich komme heim.»

«Ich verstehe nichts, Eugène, sprich lauter.»

«Ich komme ins Dorf zurück!»

Jetzt fing ich auch schon an zu brüllen.

«Du kommst heim?»

«Sag ich doch.»

«Mittwoch?»

«Genau, Mittwoch», seufzte ich. «Oder vielleicht morgen.»

«Machst du Urlaub?»

«Nein, Mama, ich komme richtig heim.»

Ach was, wozu sollte ich ihr es denn erklären?

«Ich verstehe dich sehr schlecht, weißt du, Eugène.»

«Ja, Mama. Das macht nichts. Ich erzähl dir alles morgen, wenn ich da bin.»

«Ja!» schrie sie unsicher, wie jemand, der taub ist.

«Kuß, Mama», sagte ich. «Bis morgen.»

«Ja.»

«Bis morgen!»

«Ja.»

Schweißgebadet hängte ich ein. Ich mixte mir einen Ricard. Es war erst fünf Uhr nachmittags, aber ich brauchte einen Schluck.

Als ich ruhiger war, also kurz darauf, rief ich am Gare de Lyon an, um mich nach einem Zug zu erkundigen. Es gab einen um 7.50 Uhr, der ewig lange in der Gegend von Vierzon herumzockelte, doch das war immer noch die bequemste Verbindung, und ich konnte hoffen, am späten Nachmittag zu Hause zu sein. Ich schrieb mir alles auf. Ich goß mir noch ein Glas ein.

Zur Abendessenszeit war ich besoffen und hatte das Gefühl, daß man mir den Kopf durch eine Boulekugel ersetzt hatte. Ich hatte meine Sachen gepackt, was nicht weiter schwierig war, und einen Brief an den Hauseigentümer geschrieben, worin folgendes stand: Er könne über die Wohnung verfügen, ob ich denn die Kaution wiederhaben und ihm nur das halbe Quartal bezahlen könnte, da ich ja wegziehe. Und daß er sich die Schlüssel bei Stanislavski abholen solle. Und daß ich die Möbel vor dem Ende der Woche ausräumen lassen wolle. Ich überlegte noch mal, ob es niemand andern gab, den ich von meiner Abreise in Kenntnis setzen könnte. Ich wußte genau, es gab niemanden, deshalb machte ich mir einen sechsten Ricard, das heißt, ich vergaß Wasser und Eis und trank ihn pur. Gar nicht so übel. Weit weniger übel als ein Pflasterstein mitten in die Fresse. Doch daran durfte ich nicht denken. Ich ging mit ungelenken Schritten in der Wohnung auf und ab. Ich hätte gern ein Radio oder einen Fernseher angestellt, um mich wie jedermann damit zudröhnen zu lassen, bis ich schließlich völlig weggetreten wäre. Draußen wurde es dämmrig, ich öffnete das Bürofenster und sah, daß es aufgehört hatte zu regnen. Wenn ich nun nicht zum Fenster hinaus-, sondern in einen Fernseher hineingesehen hätte, wäre ich vielleicht mit meiner eigenen Birne konfrontiert worden. Nur, alte Nachrichten werden ja nicht wiederholt.

Frage: «Aber bevor das geschah, wurden Sie doch selbst verletzt?»

Antwort: «Ja, das stimmt.»

F: «Sie traf ein Geschoß ins Gesicht?»

A: «Ja, das stimmt.»

F: «Ein Pflasterstein?»

A: «Ich glaube, ja, das stimmt.»

F: «Sie haben die Beherrschung verloren?»

Keine Antwort. Groß eingeblendet wurde das unschlüssige (und häßliche) Gesicht des Gendarmen Eugène Tarpon, dann Schnitt, ziemlich trostlose Kamerafahrt über die Kaserne, dann ...

Doch daran darf ich auf gar keinen Fall denken.

2

Es klingelte.

Ich richtete mich auf. Verstört saß ich auf dem blauen Sofa. Ich lief schwankend hinüber zum Schreibtisch, öffnete ein Schubfach und stellte mein Glas rein. Ich sah nach, wie spät es war. Neun Uhr abends. Ich ging aufmachen.

Im Flur stand eine junge Gestalt. Sie machte einen kurzen Schritt ins Vorzimmer, und das Licht brachte die Erleuchtung. Es war ein Kerl. Er mochte nicht viel älter als zwanzig sein. Er hatte langes krauses Haar. Sein Gesicht war unschuldig, den Eindruck machte es zumindest auf mich; dazu muß gesagt werden, daß ich vielleicht nur deshalb so zur Nachsicht neigte, weil ich sturzbesoffen war. Er trug eine blaue Latzhose mit weißen Streifen und eine Safarijacke aus grünem Wildleder. Er hatte eine Brille.

«Entschuldigen Sie die Störung», sagte er. «Sind Sie Monsieur Tarpon?»

«Höchstpersönlich.»

«Ich habe lange gezögert, ob ich hochkommen soll. Deshalb ... Deshalb erlaube ich mir trotz der späten Stunde ...»

Er stockte. Er hatte sich irgendwie verheddert. Ich hielt

noch immer die Tür mit einer Hand fest. Genaugenommen hielt ich mich an der Tür fest. Um nicht zu schwanken.

«Darf ich reinkommen?» meinte er, nachdem er eine Weile überlegt hatte.

«Weshalb?»

Er sah verwirrt aus.

«Sie sind doch Privatdetektiv, oder?»

Gleich diese Bezeichnung, wie in einem Roman. Ich zuckte mit den Schultern. Ich trat zur Seite. Er kam rein. Ich sagte ihm nicht, daß Schluß war, daß ich nicht mehr ermittelte, daß es nie angefangen hatte. Ich war froh, jemanden zu sehen.

Ich ging vor ins Büro und machte Licht. Ich setzte mich ziemlich schwerfällig auf den Stuhl und wies auf den Sessel. Er setzte sich ebenfalls.

«Wo klemmt es denn?» fragte ich.

«Ich heiße Alain Lhuillier», sagte er und hielt inne, er schien auf etwas zu warten, und nach einer Weile begriff ich, ich zog mehrere Schubfächer auf, auch das, in dem das leere Glas stand, und fand schließlich doch noch Papier und einen Bleistift, ich schrieb den Namen auf, nun sah er zufrieden aus.

«Was hat Sie denn dazu gebracht, mich aufzusuchen? Ich meine, woher haben Sie meinen Namen?» begann ich und dachte mir, eine gute Frage, sie wird oft in amerikanischen Filmen gestellt, nur etwas besser formuliert.

«Ihre Annonce stand doch in der *Détection*.»

«Ja, das stimmt.»

Ich klammerte mich an die Tischkante und hätte am liebsten losgekotzt. *Ja, das stimmt.* Ich bekam mich wieder in den Griff.

«Richtig», setzte ich wieder an. «Was führt Sie zu mir?»

«Ich bin das Opfer von Erpressern. Na ja, das heißt, besser, ich fange mit dem Anfang an ...»

Er sah kurz zögernd zu mir. Ich blickte ermutigend zurück. Er erzählte weiter.

«Ich hab zusammen mit Freunden einen Schuppen aufgemacht, im 14. Arrondissement, eine Art kleinen Club. Nun ja, privat, theoretisch, aber in Wirklichkeit kann jeder rein. In einem ehemaligen Lebensmittelgeschäft mit Keller. In Wirklichkeit bin ich nur der Geschäftsführer. Verstehen Sie?»

Ich nickte ihm kurz zu.

«Wer ist der Eigentümer?»

«Ein alter Knacker, ich meine richtig alt, ein Rentner. Er hat sich draußen auf dem Land zur Ruhe gesetzt. Das Lebensmittelgeschäft hat ihm gehört, und er fand keinen Nachfolger, da durften wir es dann versuchen, meine Kumpels und ich. Wir dachten erst nicht, daß das was werden könnte, bei uns wird nämlich kein Alkohol ausgeschenkt, verstehen Sie? Aber jedenfalls existiert unsere Bude immer noch, ich glaube, viele sind wegen der Gruppe gekommen.»

«Moment mal», sagte ich. «Welche Gruppe?»

«Orgasmusfunktion», antwortete er, und ich machte große Augen, aber er stellte sofort klar: «Die heißt so, eine Jazz-Rock-Gruppe.»

«Ah!» meinte ich erleichtert. «Eine Pop-Gruppe.»

«Kein Pop. Jazz-Rock.»

«Gut. Einverstanden. Und weiter?»

«Na, mit einem Mal lief es richtig gut. Wir haben im Herbst aufgemacht, und jetzt ist der Schuppen jeden Abend voll. Es lohnt sich. Was ich übrigens sagen wollte, ich hab Geld, um Sie zu bezahlen, wenn Sie nicht zu viel verlangen, ich hab Sie ja noch nicht gefragt.»

«Das regeln wir später. Erzählen Sie mir zuerst von Ihrem Problem.»

Er brach sich in seinem Sessel einen ab, um sich eine Zigarette rauszuholen, und ich schob ihm den Martini-

Aschenbecher hin. Während er sprach, strich er viel öfter als nötig die Asche ab.

«Vor einem Monat haben mich nach Geschäftsschluß, wenn saubergemacht wird und so, zwei Kerle aufgesucht, Herren im Anzug und so, ältere, gediegene Typen, mit Aktentasche und Krawatte, Sie verstehen, welche Sorte.»

Ich verstand. Ganz gewöhnliche Leute. Er strich seine Gitane ab und fuhr fort.

«Sie erklärten mir, daß sie von einer gewissen Altersversicherungskasse der Gastronomen und Limonadenhändler kämen, ich hab mir den Namen so gut gemerkt, weil das ziemlich komisch war, ‹Limonadenhändler›; um es kurz zu machen, sie haben mir geraten, da Beiträge einzubezahlen, weil das angeblich eine Menge Vorteile bringen sollte. Als ich abgelehnt hab, haben die gesagt, daß ich dazu verpflichtet sei. Ich hab dann langsam begriffen und denen gesagt, daß sie abhauen sollen, oder? Die haben gemeint, daß sie wieder vorbeikommen würden. Ich hab denen immer wieder gesagt, daß das nicht nötig wäre. Nun, um es kurz zu machen, am nächsten Abend, als ich ankomme, um aufzuschließen, ich hatte gar nicht mehr an die gedacht, da merke ich doch, daß schon offen war, das heißt, jemand hatte die Tür aufgebrochen, und der Verstärker war hin.»

«Der Verstärker», wiederholte ich.

Meines Wissens war ein Verstärker nur irgendein Teil am Plattenspieler oder Radio, doch der junge Mann sah vollkommen niedergeschmettert aus.

«Der Verstärker für die Band», erklärte er. «Sie wissen wirklich nicht, was das ist?»

«Nein.»

Er warf einen kurzen Blick auf mich, aus dem Leid und Mitleid sprachen. Er erklärte mir, daß alle Instrumente elektrisch waren. Alle angeschlossen an einen Verstärker, der hatte verschiedene Buchsen, verschiedene Regler, ein mordsschweres riesiges Ding, und ohne konnte man nicht spielen.

«Und der war kaputt. Ich verstehe.»

«Wir haben ihn zwar gebraucht gekauft, sicher, aber der hat uns trotzdem noch fünftausend Franc gekostet.»

«Das ist ja weiter kein Drama», meinte ich.

«Neue Franc.»

«Scheiße», sagte ich.

Für einen Augenblick verharrte er in Trauer und Schweigen.

«Die Kerle sind noch am gleichen Abend wiedergekommen», fuhr er fort. «Ich versichere Ihnen, am liebsten hätte ich sie abgeballert, aber ich hab mich zurückgehalten.»

«Das haben Sie richtig gemacht», bemerkte ich.

Er knirschte mit den Zähnen, um mir zu zeigen, was für ein harter Bursche er war. Es war merkwürdig, er hätte mir eher sympathisch sein müssen, aber er nervte mich. Meine Ohren glühten.

«Sie sind sehr deutlich geworden. Fünfundzwanzig Prozent der Einnahmen wollten sie. Oder das nächste Mal wären dann nicht mehr die Verstärkerteile, sondern meine Hände dran. Ich bin der Sologitarrist.»

«Sind Sie zur Polizei gegangen?»

«Nein.»

«Darf man erfahren, warum nicht? Ich bin kein Hellseher, wissen Sie.»

«Das wird mir allmählich auch klar», meinte er. «Ich bin nicht zur Polizei gegangen, weil sonst der Club futsch wäre. Die Bullen mögen uns nicht besonders, und bei einer Ermittlung hätte es nur Scherereien gegeben, und die Kunden, meine Kumpels und so, die wären dann woanders hingegangen.»

Ist anzunehmen, dachte ich.

«Das war vor einem Monat. Gut. Sie sind nicht zur Polizei gegangen. Was ist dann passiert?»

«Ich habe bezahlt, was meinen Sie denn!»

«Und jetzt reicht es Ihnen.»

«Ja, die wollen jetzt nämlich fünfzig Prozent.»

«Die spinnen. Die werden ihren Laden kaputtmachen.»

«Die wollen mich rausdrängen, das ist alles. Um jemand anderen reinzusetzen.»

Darauf hätte ich von selbst kommen können. Ich fühlte, wie plötzlich die Wut gegen diesen jungen Typen in mir hochstieg. Ich stand auf, nahm mir das leere Glas aus dem Schubfach und schüttete es mit Ricard voll. Dann trank ich es aus. Der junge Typ sah mich finster an.

«Und Sie glauben, daß ich was für Sie tun kann?» meinte ich.

«Genau das frage ich mich gerade.»

Langsam wurde auch er bissig.

«Die Antwort lautet nämlich nein», sagte ich.

Mit einem verächtlichen Lächeln erhob er sich, warf seine Zigarette auf den Teppichfußboden und trat sie seelenruhig aus. Ich wollte mein Glas auf der Schreibtischkante abstellen, es kippte und purzelte runter, ohne zu zerbrechen, ich war mit einem Satz bei dem jungen Typen und packte ihn am Kragen. Er versuchte mich zurückzustoßen, indem er mir seine Faust in die Rippen rammte, ich versetzte ihm einen Schlag in den Magen, kurz und kräftig. Er jaulte laut auf und krümmte sich sofort zusammen. Ein Leichtgewicht. Ich schämte mich. Ich kämpfte mit ganzer Kraft gegen diese Scham an. Ich wußte nicht, wie es soweit kommen konnte.

«Du altes Arschloch, mieser Bulle!» murmelte er.

Da ich ihn immer noch am Kragen hielt, zog ich ihn hoch und stellte ihn an die Wand. Mein Mund war ganz nah an seinem Gesicht. Es war sehr blaß und wie versteinert vor Schreck.

«Hör zu, Kleiner», sagte ich. «Versuch nicht zu kämpfen. Hau ab. Und damit meine ich, nicht nur aus meiner Wohnung hier. Verzieh dich aus deinem Schuppen. Verzieh dich aus der ganzen Scheiße überhaupt, verstehst du? Da ist nichts mehr zu machen. Es ist aus.»

«Sie stinken nach Alkohol», stellte er fest. «Sie sind ja stockbesoffen. Lassen Sie mich los.»

Ich ließ ihn los. Ich keuchte.

«Sie sind widerlich», meinte er ganz seelenruhig, dann ging er und machte die Tür leise hinter sich zu; ich hörte, wie er die Treppe runterstieg.

Nur ein einziges Mal in meinem Leben hatte ich mich noch schlechter gefühlt als in diesem Augenblick.

Nach dem Abgang des Jungen fing ich richtig zu trinken an.

Ich leerte die ganze Flasche. Das, was davon noch übrig war. Natürlich wurde mir schlecht. Das schlimmste war: jedesmal, wenn mich der Brechreiz überkam, mußte ich bis zur Toilette auf dem Treppenabsatz runterrennen und torkelte und prallte dabei an die Wände.

Schließlich hörte das alles auf, und ich wollte am liebsten nur noch das Bewußtsein verlieren. Ich blickte auf meine Uhr und sah, daß es noch viel früher war, als ich dachte, noch nicht einmal halb zwölf abends. Ich nahm meinen Wecker und stellte ihn auf 6.30 Uhr, klappte das Rückenteil und die Armlehnen des Sofas wieder runter und nahm den Überzug ab. Ich machte die Vorhänge zu. Ich zog mich bis auf die Unterhose aus. In der Küche trank ich drei große Gläser Wasser, steuerte dann auf mein Bett zu und machte hinter mir jeweils das Licht aus, blickte dabei vor dem Ausmachen bewußt auf jede Stelle und sagte mir, daß ich sie nun zum vorletzten Mal sah. Ich legte mich hin, löschte das Licht im Vorzimmer und schlief sofort ein.

Um Mitternacht wurde ich durch eine Reihe von Klingelsalven geweckt. Genaugenommen weckte mich bereits eine davon, aber es gab eine ganze Reihe. Ich sprang hastig auf und stieß dabei das kleine Tischchen und die Vase mit dem Blumenwasser um. Ich lief zur Tür und öffnete. Im Türrahmen stand ein sichtlich aufgeregtes junges Mädchen. Da ich keine Lampe angemacht hatte, befand sie sich im Gegenlicht zur gelben Treppenbeleuchtung, trotzdem konnte ich verblüffend deutlich das Weiße in ihren Augen wahrnehmen, und als sie sprach, hörte ich, daß sie mit den Zähnen klapperte.

«Monsieur Tarpon, erkennen Sie mich? Lassen Sie mich rein, ich bitte Sie, ich erkläre Ihnen alles.»

Sie schwankte und wartete meine Antwort nicht ab, stieß mich zur Seite und kam rein. Ich machte Licht. Ich merkte, daß ich in Unterhosen dastand. Das Mädchen merkte es nicht. Sie sah mich mit starren Augen an, schöne Augen übrigens, doch es war, als ob sie durch mich hindurch auf etwas stieren würde. Der Eindruck war so stark, daß ich mich automatisch umdrehte und dabei auch die Tür wieder zumachte. Ich hatte dem Mädchen also den Rücken zugedreht und konnte ihr Gesicht nicht sehen, als sie sagte:

«Griselda hat man die Kehle durchgeschnitten.»

Ich lehnte mich an die geschlossene Tür und blickte die junge Dame an. Sie hatte sich gerade auf mein zerwühltes Nachtlager gesetzt, und genau in dem Moment wurde sie ohnmächtig, ihr Gesicht nahm eine grünliche Färbung an, sie fiel um und rutschte vom Bett. Sie blieb ausgestreckt am Boden liegen. Ich glaubte nicht, sie schon jemals gesehen zu haben. Ich beschloß, Kaffee zu kochen.

3

In der Küche kochte ich richtigen Kaffee in einer Steingutkanne mit einer Filtertüte. Während er durchlief, ging ich ins Zimmer zurück. Das Mädchen auf dem Boden rührte sich. Ich zog mir meine Hose und mein Hemd wieder an und streifte saubere Socken über.

«Es ist furchtbar», sagte das Mädchen. «Sie ist vollkommen ausgeblutet. Man hat ihr die Kehle durchgeschnitten.»

Sie hob den Kopf und schien sich zu wundern, daß sie auf dem Boden lag.

«Möchten Sie etwas trinken?» schlug ich vor.

Sie nickte energisch und wollte wieder aufstehen. Sie mußte sich am Bett festhalten, und es gelang ihr lediglich, mein Kopfkissen zu sich runterzuziehen.

«Bleiben Sie, wo Sie sind, tiefer als jetzt können Sie gar nicht sinken», schöpfte ich aus dem Hausschatz alter Bauernweisheiten, deren eifriger Verfechter ich bin. «Lehnen Sie sich ans Bett. Ich hole Ihnen was Alkoholisches.»

Das war leichter gesagt als getan. Ich durchwühlte den Wandschrank in der Küche und stöberte schließlich noch eine kleine, halbvolle Flasche Kirschwasserverschnitt auf.

Ich mußte sie wohl mal zum Kuchenbacken gekauft haben. In den ganzen Monaten hatte ich mich ja irgendwie beschäftigen müssen.

Auf einem Tablett brachte ich den Kirsch, die Kaffeekanne und zwei Senfgläser und stellte alles neben dem Mädchen ab. Ich sah überall nach, aber ich konnte meine Schuhe nicht finden. Ich fühlte mich ziemlich erschöpft.

Das Mädchen nahm die Kirschwasserflasche, schraubte den Metallverschluß auf und schüttete sich die Hälfte davon in die Kehle.

«Bahhhh!» meinte sie naserümpfend.

Übrigens eine hübsche Nase. Ein hübsches Mädchen. Doch nichts für mich. Eher ein flotter Käfer, wie man so sagt. Schmal gebaut, ein spitz zulaufendes Gesicht, sichtlich zarte, leicht goldbraune Haut, schulterlanges braunes Haar. Den Rest konnte man nur erahnen, da sie einen Anzug aus hellbraunem Wildleder trug; die junge Dame bevorzugte zwar körperbetonte Kleidung, da sie momentan aber ziemlich angeschlagen dalag, sah sie eher aus, als ob man sie in einen Sack gesteckt hätte. Doch zarte Fesseln hatte sie, und zarte Hände auch. Sie trug eine Obrey-Uhr, und ihre Treter waren auch nicht gerade vom Billig-Markt. Keine Handtasche, aber alle möglichen aufgesteppten Taschen auf ihrem Lederanzug, in einer davon wühlte sie und zog schließlich eine Packung Gauloises raus. Sie bot mir eine an, die ich auch nahm, sie suchte nach Feuer, und ich wettete, daß sie gleich ein Ronson in Eidechsenlederhülle oder so was in der Art hervorzaubern würde, aber ich verlor, sie zog ein Heft Streichhölzer raus, und es gelang ihr auf Anhieb, ihren Pappstengel anzuzünden. Entweder kam sie generell schnell wieder zu Kräften, oder sie war nicht so am Boden zerstört, wie sie vorgab.

«Nun», sagte ich, «Griselda wurde also die Kehle durchgeschnitten?»

Sie wiegte den Kopf von unten nach oben, auf eine ganz sonderbare Art, und blies den Rauch im Doppelstrahl aus den Nasenlöchern. Ihre Pupillen waren normal.

«Wer ist Griselda?» fragte ich.

«Die Freundin, mit der ich mir die Bude teile. Nun ja, keine Bude, eine Wohnung. Ich bin reingekommen und hab sie gefunden. Das sah widerlich aus. Das ganze Blut. Sie war ...»

«Vollkommen ausgeblutet, ich weiß, danke. Ersparen Sie mir die Einzelheiten, mir ist bereits was auf den Magen geschlagen. Haben Sie die Flics gerufen?»

Sie schüttelte energisch den Kopf.

«Ich bin sofort zu Ihnen gekommen.»

Das war heute mein Glückstag, und er nahm einfach kein Ende.

«Wer sind Sie?» fragte ich.

«Erinnern Sie sich nicht an mich?»

Sie schien gewohnt zu sein, daß sich die Leute an sie erinnerten, und vielleicht hatte sie ja recht, ich wußte es nicht. Sie hatte sich noch mehr zusammengekauert, sie hatte die Knie zum Kinn gezogen und klammerte sich mit den Händen an den Knöcheln fest. Sie behielt ihre Zigarette im Mund, und wegen des Rauchs mußte sie ein Auge halb zukneifen. Ich schüttelte den Kopf, ich erinnerte mich nicht.

«Vor knapp einem Jahr.»

«Vor knapp einem Jahr, da war ich gar nicht in Paris», sagte ich.

«Weiß ich doch. Sie waren Gendarm in der Bretagne. Ich war auf dem Set, als man Sie interviewt hat. Machen Sie nicht so ein Gesicht.»

«Ich weiß nicht, was für ein Gesicht ich mache.»

Ich versuchte, meine Zigarette wieder anzuzünden, und stellte fest, daß sie gar nicht ausgegangen war.

«Gut, einverstanden, Sie waren auf dem Set. Ich verstehe aber immer noch nicht, weshalb das ein Grund sein sollte herzukommen.»

«Teilweise schon», sagte das Mädchen. «Sie haben mich überrascht, das heißt, das Interview mit Ihnen hat mich überrascht, ich sagte mir, sieh mal einer an, der ist nicht so zum Kotzen wie die anderen. Und später hat Hervé ... Erinnern Sie sich noch an Hervé? Den Regisseur?»

Ich nickte zögernd. Sie erzählte weiter.

«Hervé hat dann wieder mit mir über Sie gesprochen. Er hatte erfahren, daß Sie die Uniform an den Nagel gehängt haben und Privatdetektiv geworden sind, wie es hieß. Er fand, daß das ein gutes Thema wäre, verstehen Sie, so in der Art ‹Was ist aus ihnen geworden?› Was ist aus ihm geworden, dem Gendarmen, der sich nach einer seelischen Krise aus dem Staub gemacht hat, und daß Sie Detektiv sind, das wäre gerade besonders originell. Ich hab ihm übrigens von dem Thema abgeraten, ich fand, Sie hätten ein Recht darauf, in Frieden gelassen zu werden.»

«Das war verkehrt», sagte ich. «Das wäre doch Werbung für mich gewesen.»

«Darauf hätten sich die Arschlöcher vom Sender sowieso nie eingelassen. Bei denen ging ja schon die Klappe runter, als das Interview mit Ihnen gebracht wurde. Nun, um es kurz zu machen, als ich eben zurückgekommen bin und Griselda gesehen hab, da hab ich sofort an Sie gedacht.»

Sie zitterte. Ich goß Kaffee in die Gläser. Sie fragte mich, ob ich Zucker hätte, und ich verneinte.

«Hat es wirklich einen Mord bei Ihnen gegeben?» fragte ich. «Das ist kein Witz?»

«Nein, verdammt noch mal!» sagte sie.

Sie hatte einen hübschen rosigen Mund.

«Rufen Sie sofort die Flics an», sagte ich.

«Kann ich nicht.»

«Aber sicher können Sie. Und Sie werden das auch tun. Wie heißen Sie?»

«Ach, jetzt kommt wohl der Gendarm wieder durch», sagte sie, doch es klang eher nach einer Frage.

«Hören Sie, meine Kleine.» (Ich versuchte, väterlich und wohlmeinend auszusehen.) «Falls es einen Mord oder Selbstmord oder ich weiß nicht was gegeben hat, muß man die Polizei anrufen und Schluß. Da rennt man nicht zu einem Privatdetektiv. Nicht im wirklichen Leben. Und zunächst mal, im wirklichen Leben befaßt sich ein Privatdetektiv mit Scheidungen, Geschäftsüberwachungen und, wenn er besser dasteht als ich, mit Wirtschaftsspionage. Nicht mit Gewaltverbrechen. Nebenan steht ein Telefon, sie nehmen den Hörer ab und rufen die Flics. Wählen Sie die 17, dann wird man Ihnen das zuständige Kommissariat geben. Wo wohnen Sie eigentlich?»

Sie trank ihr Glas Kaffee aus, ohne zu antworten, und antwortete auch nicht, als es leer war.

«Ich rufe sie besser von zu Hause aus an», behauptete sie, «wenn Sie wirklich meinen, daß ich das tun muß. Die brauchen mich ja sowieso an Ort und Stelle. Sie werden mich vernehmen wollen, vermute ich.»

Sie erhob sich. Sie stand ziemlich fest auf ihren Beinen, und sobald sie sich entfaltet hatte, sah ich, daß sie ganz und gar nicht so aussah, als ob man sie in einen Sack gesteckt hätte. In Wirklichkeit war sie der hübscheste Käfer, den ich je gesehen hatte. Und eine Lügnerin noch dazu. Ich erhob mich ebenfalls. Ich stand zwischen ihr und der Tür, und das schien ihr nicht zu passen.

«Rufen Sie von hier aus an», sagte ich. «Die schicken einen Wagen und holen Sie.»

«Meiner steht unten.»

«Rufen Sie von hier aus an», wiederholte ich.

«Ich werde Ihnen alles erklären», sagte sie hastig. «Die werden mich einlochen. Ich bin der ideale Täter. Meine

Fingerabdrücke sind überall, selbst das Messer gehört mir, und ich hab mich mit Blut beschmiert.»

Ich zog die Augenbrauen hoch. Ich sah keins.

«Ich hab mich umgezogen», erklärte sie flehend. «Aber es stimmt, ich hab mich mit Blut vollgeschmiert. Es war überall. Und es ist mein Messer. Und ich hab sogar ein Motiv.»

Ich faßte sie am Arm und zog sie zum Schreibtisch.

«Hören Sie», meinte ich. «Sie haben durch mich viel Zeit verloren, weil ich ziemlich unsanft aus dem Schlaf gerissen wurde und noch nicht ganz wach war, weil ich Ihnen Ihre Messerstechergeschichte nicht abgenommen hab und weil ich mir, um Ihnen die ganze Wahrheit zu sagen, gestern die Birne zugeschüttet hab und noch unter Restalkohol stehe. Jetzt werden Sie meinetwegen keine Zeit mehr verlieren und anrufen, denn je schneller die Flics eingreifen, desto besser ist es für alle Beteiligten, außer natürlich für den Mörder.»

Sie versuchte ungeschickt, ihren Arm wegzuziehen und stemmte sich mit den Hacken auf dem Teppichboden gegen mich, wie ein störrischer Esel.

«Hör auf, mieser Bulle, du blöder Arsch», schimpfte sie. «Das ist nicht alles. Wir haben noch Stoff in der Bude und Bomben im Keller.»

«Ja», meinte ich. «Na klar. Und auch noch geraubte Juwelen im Kühlschrank, Falschgeld unterm Dach, und im Koffer die Leiche eines Chinesen mit einem Mikrofilm zwischen den Zähnen. Sie nehmen jetzt sofort diesen Telefonhörer ab.»

«Gut», seufzte sie, und ich spürte, daß sie nachgab.

Einen Moment später ging sie vor mir her, allem Anschein nach, um zum Telefon zu greifen, doch überraschenderweise hängte sie sich mir an den Hals. Für den Bruchteil einer Sekunde glaubte ich, daß sie mir hier weiter ihren ganz persönlichen amerikanischen Film vorspielte und ich zu einem langen erotischen Kuß käme; aber nein, sie schien sich auf den Teppich zu setzen, gleichzeitig bekam ich ihren Fuß in meine edlen Teile und verlor die Bodenhaftung. Ich kapierte nicht, ob das Judo oder so was war, doch ich landete mit der Stirn an meinem elektrischen Heizofen. Das tat weh. Meine Beine hatten die Schnur der Schreibtischlampe mitgerissen, die runterfiel, aber weiterbrannte, ich war etwas durcheinander. Und in meinen Reaktionen etwas verlangsamt. Sie hatte in der Tat zum Telefon gelangt, dieses durchtriebene Luder, doch nur, um den Hörer als Hammer zu benutzen. Sie wußte genau, wo sie draufhauen mußte. Mein Bezug zu Raum und Zeit kam mir schlagartig abhanden.

4

Ebenso schlagartig war alles wieder da, als ich die Augen öffnete und die Zimmerdecke über mir sah. Ich hatte zwar leichte Zweifel an der Realität der Tatsachen, an den Tatsachen selbst zweifelte ich jedoch nicht. Ich befühlte meinen Kopf, und das tat so weh, daß daran nicht nur der Ricard schuld sein konnte. Andererseits lag ich auf dem Rücken, ordentlich mit meinem Kissen unter dem Schädel. Ich befand mich im Arbeitszimmer, das dunkel war. Die Zwischentür stand offen, und im Vorzimmer brannte Licht. Augenblicklich raffte ich all meine Knochen zusammen, und ich konnte mich aufsetzen, dann aufstehen. Meine Armbanduhr zeigte 3.30 Uhr an, hinter den Vorhängen war es Nacht.

Ich lief vorsichtig durch die ganze Wohnung. Es war niemand da. Die Flasche Kirsch stand im Vorzimmer, um mich an die Realität der Tatsachen glauben zu lassen, und einem ersten Impuls folgend, trank ich sie aus. Mich überfiel plötzlich ein Schauder, und ich wäre beinahe gestorben, doch ich hielt mich auf den Stelzen, und nach einem kurzen Augenblick fühlte ich mich besser.

Auf meinem Bett lag anstelle des Kopfkissens eine Nachricht.

Es tut mir leid, daß ich Sie geschlagen habe, las ich auf einer aus meinem unberührten Terminkalender herausgerissenen Seite, *aber ich konnte die Flics wirklich nicht anrufen. Alles, was ich Ihnen erzählt habe, stimmt, auch das mit dem LSD und den Bomben, jetzt begreifen Sie vielleicht. Pech, daß Sie mir nicht helfen können. Tut mir wirklich sehr leid, daß ich Sie niedergeschlagen habe.*

Das war alles, verfaßt mit meinem Kugelschreiber und in kantigen Druckbuchstaben mit M. C. unterzeichnet.

Eigentlich wollte ich mich mit einem kalten Umschlag wieder hinlegen und weiterschlafen, doch statt dessen zog ich meinen Koffer unter dem Sofa vor, machte ihn auf und stöberte nach meinem Adreßbuch. Die Anschrift, die ich brauchte, und die dazugehörige Telefonnummer hatte ich mir dort notiert. Der Hörer wurde nach dem achten Klingeln abgenommen und eine Stimme sagte wütend «Hallo».

«Es tut mir sehr leid, Madame, Sie zu stören, aber ich müßte unbedingt Hervé Chapuis sprechen, es ist wichtig.»

Sie stellte mir eine Frage, und ich antwortete drei Uhr vierzig und wiederholte, daß es sehr wichtig sei und wer am Apparat sei, na ja, der Gendarm Eugène Tarpon. Nein, Madame, das ist kein Scherz. Gut. Ich bleib dran, ja.

«Was gibt's?» fragte eine männliche Stimme einen Augenblick später, und ich fing mit meiner Litanei wieder von vorn an, wer ich sei und wie leid es mir täte.

«Aber ich benötige eine Auskunft», sagte ich, «es ist dringend.»

«Sagen Sie mal, mit der Demokratie ist es bei uns wohl vorbei», verkündete Hervé Chapuis, «wenn Ex-Gendarmen sich herausnehmen können, um vier Uhr morgens anständige Künstler aus dem Schlaf zu reißen.»

«Ich hab nie gesagt, daß wir in einer Demokratie leben.»

«Pluspunkt für Sie. Was für ein Problem haben Sie denn?»

«Als Sie mich damals interviewt haben, erinnern Sie

sich? Gut. Da muß ein Mädchen auf dem Set dabeigewesen sein, eine zierliche Brünette, die Kampfsport macht. Können Sie sich vorstellen, wen ich meine?»

«Sehr gut sogar. Na und?»

«Ich brauche ihren Namen und ihre Adresse.»

«Weshalb?»

«Das kann ich Ihnen nicht erklären», sagte ich.

«Oh! Oh! Oh!» meinte Hervé Chapuis. «Jetzt kommen mir aber starke Zweifel, Gendarm. Wenn Sie gesagt hätten: ‹Ich begehre sie, ich bin gerade schweißgebadet aufgewacht, ihr Bild hat sich mir ständig aufgedrängt, ich muß sie auf der Stelle besitzen, nach einem Jahr hat es mich plötzlich übermannt›, das hätte ich ja noch verstanden. Aber diese Geheimniskrämerei. Hm.»

Schweigen. Ich seufzte.

«Ich kann es Ihnen nicht erklären», wiederholte ich. «Ich will der Kleinen nichts tun. Mehr kann ich nicht sagen.»

«Eine ernste Sache?»

«Ja.»

Wieder Schweigen.

«Was Sexuelles?» fragte Hervé Chapuis.

Ich zerquetschte fast den Hörer in meiner Hand. Herrgott noch mal, womit hatte ich denn bloß diesen Witzbold hier verdient? Ich holte tief Luft, um was Ätzendes zurückzuspucken, doch der Künstler ließ mir dazu keine Zeit.

«Ach, Scheiß drauf», sagte er. «Was soll's. Sie heißt Memphis Charles. Passen Sie auf, Gendarm. Als ich sie das letzte Mal vergewaltigen wollte, hat sie mich mit einem Grog verbrüht.»

«Was ist denn das für ein dämlicher Name?» fragte ich.

«Sie hat ihn sich selbst ausgesucht», erwiderte er und gab mir die Adresse. «Legen Sie jetzt auf», meinte er noch, «damit ich erst mal in mich gehen kann. Schließlich denunziere ich ja nicht alle Tage Leute bei einem Gendarmen. Sie rufen wieder an und erzählen mir, hm?»

«Was erzählen?»

Er hatte aufgelegt. Ziemlich verrückt, dieser Typ.

Ich hatte meine Schuhe schließlich doch noch gefunden. Sie steckten in meinem Koffer. Alkohol gibt einem den Rest, dachte ich und band meine Schnürsenkel zu, schlang mir eine braune Strickkrawatte um den Hals und zog mein Jackett an. Ich sah nach, ob ich meine Papiere eingesteckt hatte. Ich verließ meine Wohnung.

Am Boulevard Sébastopol fand ich ein Taxi. Die Adresse von Memphis Charles (dieser Name!) befand sich im 14. Arrondissement. Hinstiefeln kam nicht in Frage, und die Metro fuhr noch nicht. Also immer munter voran zum Nachttarif.

Der Chauffeur setzte mich in der Avenue du Général-Leclerc ab.

«Das ist auf der anderen Seite», sagte er. «Wollen Sie, daß ich Sie rüberbringe?»

«Geht schon.»

«Zweiunddreißig Franc», sagte er.

«Ach, mehr nicht, nein?»

«Das Trinkgeld kommt noch dazu», meinte er unerschütterlich.

In dieser Hinsicht mußte ich ihn enttäuschen. Als ich auf dem Fußweg stand, lehnte er sich aus dem Wagenfenster.

«Ich weiß nicht, warum ich eigentlich noch die Nachtschicht fahre», sagte er. «Man kriegt nur Aggressive oder Geizkragen. Das nächste Mal gehst du zu Fuß, Opa.»

Er hätte mich beinahe umgenietet, als er wieder startete.

Ich habe vorsichtshalber abgewartet, bis er weit weg war, um mich erneut auf die leere Straße zu wagen. Ich überquerte die Avenue im leichten Trab. Memphis Charles wohnte, wenn mir der gute Regisseur keinen Streich gespielt hatte, in einer gewissen «Villa Auguste Ventrée», in Wirklichkeit eine Art Privatweg mit einer Absperrkette davor. Die Kette war ausgehakt und lag am Boden.

«Bitte!», sagte eine herrische Stimme.

Ein Bulle in Uniform kam aus der Hausmeisterloge und trieb mich ins Innere des Häuserblocks, wie ein geschickter Hütehund.

«Guten Abend, Herr Wachtmeister», sagte ich.

«Personenkontrolle», antwortete er. «Wohnen Sie hier? Ich möchte Ihre Papiere sehen.»

«Ich wohne nicht hier», sagte ich. «Ich bin nur zufällig vorbeigekommen.»

«Die Papiere, los, Ihre Papiere.»

In der Loge war noch ein Uniformierter. Ich holte meine Brieftasche raus.

«Ich bin zufällig hier vorbeigekommen. Ich bin spazierengegangen. Ich kann nicht schlafen.»

«Vorbeigekommen sind Sie also», wiederholte der Wachtmeister ziemlich überzeugt. «Sie sind mit dem Taxi angekommen, haben sich auf der anderen Straßenseite absetzen lassen und sind zufällig hier vorbeigekommen.»

Er nahm meine Brieftasche, weil ich sie seiner Meinung nach nicht schnell genug rüberreichte, und blätterte meine Papiere durch. In dem ganzen Haufen war auch ein Berufsausweis. E. Tarpon, Ermittlung, Beschattung, Diskretion. Er lächelte.

«Darf ich Sie bitten, mich zu begleiten», sagte er.

Seine Zuvorkommenheit war geradezu umwerfend. Er steckte meine Brieftasche ein. Er packte mich am Arm und stieß mich in den Innenbereich. Man kam, wenn man den Engpaß überwunden hatte, in einen großen quadratischen Hof mit Rasen in der Mitte und Sträuchern auf dem Rasen und Beeten an den Seiten, hinter denen jeweils viergeschossige Gebäude aufragten. An einer Ecke des Karrees stand, vom Eingang aus nicht zu sehen, ein Mannschaftswagen der Polizei auf dem Weg, und eine Erdgeschoßwohnung war hell erleuchtet, das Fenster war offen, man sah Schatten im Inneren. Ein Blitzlicht flammte auf. Vor der

Eingangstreppe empfahlen mehrere Uniformierte den Bürgern in Morgenmänteln, in ihre Wohnungen zurückzukehren, indem sie allem Augenschein zum Trotz beteuerten, daß es nichts zu sehen gebe.

Als wir auf das Haus zugingen, kamen wir an einem Peugeot 404 vorbei, einem zivilen Einsatzfahrzeug, in dem ein Nichtuniformierter in ein Funktelefon redete. Mein Wachtmeister sprach seine Kollegen an.

«Der Herr wird hier warten», sagte er. «Sie werden schön dableiben, nicht wahr?» meinte er zu mir und tätschelte seine Tasche, in der sich meine Papiere befanden. Ich wurde von zwei Flics flankiert und interessiert beäugt, während ihr Spielkamerad im Eingang des Gebäudes verschwand. Ich lehnte mich an den Wagen.

«Nehmen Sie Ihren Hintern da weg», sagte einer meiner Bewacher zu mir.

«Warum denn? Verpassen Sie mir gleich einen Tritt?»

Er kniff die Lippen zusammen. Das hätte ich nicht sagen sollen. Ich nahm wieder Abstand von dem Vehikel. Der Flic äußerte sich nicht weiter dazu, doch er verfolgte mich begehrlich mit seinen großen braunen Augen. Es war ein dicker Wachtmeister. Groß und dick. Mit rosigem Teint. Von der frohgemuten Sorte. Der Typ, der höchstens zur Jagderöffnung töten würde. Er erinnerte mich an eine Menge Kollegen, die ich hatte. Ich drehte meinen Kopf weg und interessierte mich für das, was in der erleuchteten Wohnung geschah. Die Fensterbrüstung befand sich etwas über meiner Augenhöhe, ich konnte also nur ein Stück vom oberen Teil des Zimmers erkennen. Und zwar: Bücherregale; ein Bord ohne Bücher mit einer großen roten Duftkerze; das riesige Foto einer schwangeren Schwarzen mit einem Button auf dem Bauch (*Nixon's the one* stand drauf); am anderen Ende der Bücherwand ein weiteres Poster, der Siebdruck irgendeines Popsängers, dessen Name mir entfallen ist. Geiger? Jaeger? Irgend so was.

Ich sah auch einen Teil der Seitenwand. Die Wand war weiß verputzt und von unten her ziemlich hoch mit Blut bespritzt. Es war bereits getrocknet und eher bräunlich, aber mir drehte sich trotzdem der Magen um.

Ein Polizeifotograf erschien in meinem Gesichtsfeld, er richtete seine Kamera auf etwas, das ich nicht sah, und das wahrscheinlich am Boden oder auf einer niedrigen Couch am Ausgangspunkt der Blutspritzer lag, und er fotografierte dieses Etwas.

«Gut», sagte er.

Auf den Beeten und auf dem Rasen im Hof bewegten sich langsam die Lichtkegel zweier auf den Boden gerichteter Taschenlampen. Pingelig langsam, so schien mir. Der Himmel wurde allmählich blau, doch im Hof war es noch ganz dunkel. In diesem Augenblick kam mein erster Schutzengel zusammen mit einem jungen Mann aus dem Gebäude, der einen Regenmantel trug und längere Haare hatte als ich.

«Das ist er», sagte der Uniformierte und zeigte mit dem Finger auf mich.

Der Typ in Zivil hielt in einer Hand meine geschlossene Brieftasche und tätschelte sich dabei mit der anderen seine Magengegend. Er hatte eine wirklich große Nase, glänzende, fast schwarze Augen und einen dunklen Teint.

«Warum steht denn dieses Fenster immer noch offen, Herrgott noch mal?» fragte er, aber nicht mich. «Folgen Sie mir, Monsieur Tarpon», sagte er noch und ging wieder in das Gebäude, und ich folgte ihm.

Die erste Tür links in der Eingangshalle war offen. Er ließ mich hineingehen und machte sie hinter uns zu. Wir standen in einem winzigen, mit Jute tapezierten Flur mit vier offenen Türen. Sie führten jeweils in eine Küche, die nicht größer war als eine Telefonzelle, in einen ebenso geräumigen Bad-Klo-Komplex und in zwei Zimmer. Alles war erleuchtet, und überall liefen Leute herum, die dazu neigten, sich anzurempeln. Manchmal könnte man meinen, Polizisten wären dicker als normale Menschen.

Große Nase bahnte sich einen Weg zu dem Zimmer, das auf den Hof ging. Ich folgte ihm und lieferte mir dabei ein kurzes Ellenbogengefecht mit dem Polizeifotografen, der gerade rauswollte. Es gelang mir, in das Zimmer vorzustoßen. Große Nase war gerade dabei, mit größtmöglicher Umsicht das Fenster zu schließen, wahrscheinlich wegen der Fingerabdrücke. Ich betrachte den Teil des Zimmers, den ich von draußen nicht gesehen hatte, die Strohmatte auf dem Boden, die Sitzkissen, die beiden niedrigen weißen Plastiktische und die Couch und das tote junge Mädchen auf der Couch.

Sie war blond, hatte aber braune Haaransätze. Und üppig. Etwas zu üppig für meinen Geschmack, aber sie hatte den Kerlen sicher gefallen, mit ihren runden muskulösen Brüsten, ihrem großen Mund, ihren dunklen (jetzt weit geöffneten, erstaunten, zur Decke gerichteten) Augen und ihrem ausladenden Hinterteil. Ihr kurzes schwarzes Hemdkleid, das von ihrer milchighellen Haut abstach, war offen. Es war gewaltsam geöffnet worden, denn auf der Couch und auf der Erde lag jeweils ein abgerissener Knopf. Der Slip war zerschnitten, nicht zerrissen, sondern mit einer scharfen Klinge säuberlich durchtrennt worden. Die Tote trug keinen BH, und was ihren Hals anbetraf, so war der nur noch eine unsäglich klaffende Wunde; der Mörder hatte im Bereich von Drosselvene und Schlagader und dem ganzen Kram herumgewütet; es sah grauenhaft aus. Ihr Körper war vorn zerkratzt und zerbissen, soweit man das auf den ersten Blick aus zwei Metern Entfernung beurteilen konnte. Blutströme waren in alle Richtungen geflossen, einer zum Bauchnabel. Mich überkam kein Brechreiz. Nur eine unendlich große Traurigkeit.

«Treten Sie doch zurück, verdammt noch mal, gehen Sie

raus», sagte Große Nase zu mir, als er sich vom Fenster weggedreht hatte und auf mich zueilte.

«Entschuldigen Sie», sagte ich.

Ich trat zurück und ging aus dem Zimmer.

«Sie hatten mir gesagt, ich soll Ihnen folgen», bemerkte ich.

«Gehen Sie da rein.»

Er ließ mich in das andere Zimmer gehen, das gleich und dennoch anders war, wie es in Gedichten immer heißt. Von der Tür aus schrie er den Leuten, die sich in dem winzigen Flur anrempelten und meinten, daß die Bahre da nie durchpassen würde, Verschiedenes zu, und man einigte sich darauf, den ganzen Schlamassel durch das Fenster abzutransportieren. Währenddessen stand ich im Zimmer, und ich vermutete, daß es das Zimmer von Memphis Charles war. Niedrige Couch, blau. Weiße Wände. Schrank. Küchentisch mit Resopalplatte und Edelstahlbeinen. Ein Philips-Phonokoffer auf dem Tisch, offen, und ein Stapel Platten daneben. Die oberste hieß *Seven Steps to Heaven*, schien eigentlich zu passen, und war von Miles Davis. Auf dem Boden neben der Couch einige Bücher, ein tragbarer Fernseher und eine Plastiktüte mit Lockenwicklern.

Am Küchentisch standen zwei dazugehörige Stühle, und auf einen dieser Stühle hatte sich ein Kerl mit seinem dicken Hintern gefläzt. Er hielt ein Notizbuch in der Hand und sah mich feindselig an. Er war klein und untersetzt, hatte graues Haar und einen Bürstenschnitt, ein gleichmäßig breites, glattgeschmirgeltes Gesicht, kleine graue Augen. Der andere Flic in Zivil, der junge, schubste mich behutsam zum Tisch.

«Eugène Tarpon», verkündete er. «Privatermittler, ehemaliges Mitglied der Gendarmerie Nationale. Gamelin hat ihn am Eingang zum Anwesen überprüft. Er ist im Taxi angekommen, hat sich auf der anderen Seite absetzen lassen. Er wollte rein. Er behauptet, daß er spazierengegangen sei.»

«Das behaupte ich nicht mehr», sagte ich.

Was das «ehemalige Mitglied der Gendarmerie Nationale» betraf, auf meiner Karte konnte er das nicht gelesen haben. Das mußte aber noch in irgendeiner Form in meiner Brieftasche aufgetaucht sein. Ich stecke immer alles in meine Brieftasche. Die Nähte platzten übrigens auch schon auseinander.

«Setzen Sie sich, Tarpon», sagte der sitzende Mann.

Ich setzte mich auf den anderen Küchenstuhl. Große Nase lehnte sich an die Wand neben der Tür.

«Ich bin Kommissar Coquelet», erklärte der andere, «das ist der Polizeibeamte Coccioli.»

«Sehr erfreut», beteuerte ich. «Kriminalpolizei?»

Er nickte.

«Gut», sagte ich und wartete auf die Fortsetzung, und auch die beiden schienen auf die Fortsetzung zu warten.

«Was führt Sie hierher?», fragte Coquelet endlich.

«Ich wollte eine Bekannte besuchen. Memphis Charles. Es handelt sich um eine junge Frau, trotz des Namens. Ich glaube, das ist ein Künstlername. Ich kenne sie nicht sehr gut.»

«Sie ist eine Nutte», half Coquelet nach.

«Woher kennen Sie sie?» fragte fast zeitgleich Coccioli.

«Soweit ich weiß, ist sie keine Nutte. Woher ich sie kenne? Ich bin ... Ich bin letztes Jahr vom Fernsehen interviewt worden; eine Sendung über die Gendarmerie, eine Nachrichtensendung, sie heißt *Schärfe und Tiefe*. Nun ja, sie hieß. Es gibt sie nicht mehr. Mit einem Wort, diese Person war auf dem Set. Wir haben uns gut verstanden.»

«So gut, daß Sie ihr nachts einen Besuch abstatten», sagte Coquelet.

«Eugène Tarpon!» rief Coccioli plötzlich.

Der Kommissar und ich starrten ihn an. Er streckte einen Finger in die Luft. Aber er beruhigte sich wieder.

«Ich hab mich gefragt, wo ich Sie schon mal gesehen hab. Na klar. Im Fernsehen.»

«Ja», sagte ich.

«Sie haben jemanden getötet, nicht wahr? Im Dienst. Einen Bauern auf einer Demo. In Saint-Brieuc, oder?»

Ich nickte.

Jemand klopfte an die Tür.

«Hmja?» meinte Coquelet gereizt.

«Die Leiche ist schon weg», verkündete ein Uniformierter. «Und wir haben ein Messer gefunden. Wird wohl die Tatwaffe sein.»

«Zeigen Sie her.»

Der Uniformierte winkte und murmelte etwas in die winzige Diele, und ein Ziviler kam hereingeschlüpft, der, den ich kurz zuvor gesehen hatte, als er in das Funktelefon des Peugeot 404 geredet hatte. Er hielt eine Schachtel in der Hand. Er reichte sie dem Kommissar. Sie war offen, darin lag, mit Pappe verkeilt, ein Laguiole-Messer, aufgeklappt und Griff wie Klinge völlig blutverschmiert.

«In den Rabatten, neben dem Hofausgang», sagte der Zivile.

«Gut. Sie kümmern sich um die Fingerabdrücke», sagte Coquelet. Der Zivile ging mit seiner Schachtel wieder raus, und der Kommissar musterte mich erneut mit seinen kleinen grauen Augen.

«So, Sie haben einen Mann getötet. Das ist übel.»

«Sprechen wir nicht mehr davon», bat ich.

«Sie haben sich also gut verstanden», wiederholte er und spulte zu unserem ersten Thema zurück. «So gut, daß Sie ihr nachts einen Besuch abstatten. Memphis Charles, meine ich.»

Er sprach es *Tscharlz* aus, wie im Englischen. Wahnsinnig gebildet. Er mußte die Aufnahmeprüfung gemacht haben, die, wo man die Licence braucht, um Kommissar zu werden. Ein ganz seltenes Exemplar. Mir persönlich fiel es schwer, die Leute zu verstehen, denen jeder Bildungsweg offenstand, und die dann Bulle wurden. Nun gut.

«Sie irren sich», sagte ich. «Ich weiß, daß das alles merkwürdig aussehen mag, und daß es in jedem Fall nur ein verdammter Zufall ist, daß ich hier aufkreuze, kurz nachdem, nun, nachdem das hier passiert ist... Aber es ist das erste und einzige Mal, daß es mich überkam, sie besuchen zu wollen, die Kleine. Ich litt unter Weltschmerz. Wenn Sie mir jetzt gleich eine Blutprobe entnehmen, werden Sie noch Alkohol finden. Ich habe mir die Birne vollaufen lassen.»

«Warum?»

«Was?»

«Warum haben Sie sich vollaufen lassen?»

«Ich war deprimiert», sagte ich.

«Warum?»

«Jetzt langt's mir aber, sie gehen mir allmählich auf den Sack», bemerkte ich.

Er lächelte, es schien ihn zu freuen, daß ich mich aufregte.

Er erhob sich. Er war etwas kleiner als ich. So um die eins fünfundsechzig.

«Tarpon, Sie wissen doch, wie das Spielchen läuft. Sie platzen mir hier einfach so rein. Das muß mich zwangsläufig hellhörig machen. Das ist doch klar. Oder nicht?

«Zugegeben.»

«Und zu alledem sind Sie auch noch ein ... (Er hätte beinahe ein unanständiges Wort gesagt, aber er bekam sich rechtzeitig wieder in den Griff.) ... Privatermittler oder was weiß ich. Was soll ich denn da denken? Ich denke mir, gibt es da nicht vielleicht einen Zusammenhang? Wurde er von jemandem gerufen? Von diesem Mädchen. Memphis Charles. Nein?»

«Nein.»

Er klopfte mit seinem Filzstift auf den Schneidezähnen rum.

«Mal angenommen, diese Memphis Charles hätte sich was zuschulden kommen lassen», sagte er mit abwesender Miene, «denken Sie nicht, daß sie sich dann an Sie gewandt hätte? Nein?»

«Ich weiß nicht. Ich kenne sie nicht gut genug», sagte ich. «Jeder, der halbwegs normal ist und sieht, was sich hier nebenan abgespielt hat, würde Sie doch anrufen. Hat sie Sie nicht angerufen? Hören Sie, hätte sie sich was zuschulden kommen lassen, würde sie sich doch nicht an einen ehemaligen Gendarmen wenden. Denn zunächst mal stehe ich doch auf der Seite des Gesetzes, oder?»

«Ja, ja, diese kleinen Privatdetektive», meinte Coccioli. «Von denen gibt es zwei Sorten. Die ehemaligen Bullen und die Vorbestraften. Und manchmal kann man sie wirklich kaum auseinanderhalten. So wie sie sich benehmen.

«Herrgott noch mal», meinte ich. «Bei dem Ding hier handelt es sich um Mord, nicht um 'nen Ehebruch. Mit einem Mord macht doch niemand seine Späßchen.»

«Wo warst du zur Tatzeit?» fragte Coccioli.

Armes Arschloch, dachte ich.

«Wann ist es denn passiert?» fragte ich.

«Das wissen wir noch nicht», seufzte Coquelet. «Sagen Sie, wissen Sie vielleicht, ob Ihre Freundin da, die Memphis Charles, ob die Halluzinogene nahm?»

«Halluzinogene?», wiederholte ich. «LSD und solche Sachen? Nein. Ich meine, nein, ich weiß es nicht. Ich habe Ihnen schon gesagt, ich kenne sie fast gar nicht.»

«Ein Mord unter dem Einfluß von Drogen», erklärte Coquelet. «Das gäbe mildernde Umstände.»

Mildernde Umstände, das glaubst du doch wohl selber nicht! dachte ich. Also hatten sie den Mist in der Bude gefunden. Ich spürte, wie mir unter dem Nylonhemd ein

Schweißtropfen aus der Achselhöhle die Rippen hinunterlief. Und Bomben im Keller, stimmte das auch? Wo war ich da bloß reingeraten? Ich sah Coquelet an und war fast soweit, ihm alles lang und breit zu erzählen, was ging mich denn das kleine junge Ding an, hm?

«Sehen Sie, Kommissar», hörte ich mich sagen. «Sie versuchen, bei mir auf den Busch zu klopfen. Das mache ich Ihnen nicht zum Vorwurf, aber ich hab Ihnen alles gesagt, und ich bin ziemlich müde. Sie müssen ja noch andere Zeugen verhören und die Berichte abwarten, hm? Autopsie, Spurensicherung und so. Bis dahin bringen Sie mich doch bitte in Ihre Dienststelle und nehmen dort meine Aussage ordnungsgemäß auf.»

Coquelet erhob sich.

«Das hat Zeit bis morgen. Sie müssen wirklich ziemlich müde sein, Sie sehen danach aus, mein Lieber. Gehen Sie nach Hause, legen Sie sich hin, und dann werde ich Sie vorladen.»

Ich erhob mich ebenfalls. Ich sah ihn an. Er machte ein offenes und ehrliches Gesicht. Einen Moment glaubte ich, daß er mir einen Fußtritt oder so was geben würde, aber nein.

«Geben Sie ihm seine Brieftasche zurück», sagte er zu Coccioli.

Der Hilfssheriff hielt mir das Ding hin, ich steckte es ein. Ich wünschte ihnen einen schönen Abend. Und ging.

Ich verließ die Wohnung, und niemand hinderte mich daran. In der Eingangshalle hatten die Beamten eine kleine Tür unter der Treppe geöffnet, und man sah Lichtkreise von Taschenlampen in der Tiefe tänzeln.

«Sagen Sie dem Kommissar Bescheid, das muß er sich ansehen», hörte ich.

Ich machte auf der Stelle kehrt und schlüpfte durch die kleine Tür.

«He, wo gehen Sie denn hin?»

Ich stieg die Treppe runter. Etwa fünfzehn Stufen aus Zement. Dann ein Schlackeboden unter meinen Sohlen.

«He, Sie! Bleiben Sie stehen, verdammt noch mal!»

Ich mußte hinter zwei Flics haltmachen, die sich wütend zu mir umdrehten. Trotzdem konnte ich aber über ihre breiten Schultern hinweg etwas sehen, einen mit einer großen elektrischen Birne erhellten kleinen Keller, ein über Sägeböcke gelegtes Brett und darauf sechs Molotowcocktails. Dann packten sie mich.

«Tschuldigung», sagte ich. «Wo ist denn der blöde Ausgang?»

Ein dritter Bulle kam von hinten hinzu, nahm mich in den Polizeigriff und zog mich zurück.

«Nicht gleich so aufregen», riet ich ihm. «Ich hab mich vertan, als ich den Ausgang gesucht hab. Ist doch kein Verbrechen.»

Ich stieg die Treppe wieder hoch. Mir wurde etwas nachgeholfen. Als ich in der Eingangshalle war, brachte ich meine Jacke in Ordnung und bürstete meine Knie ab. Coquelet war aus der Wohnung gekommen und sah mich bekümmert an.

«Stimmt, Sie sind betrunken», bemerkte er. «Die Kellertreppe mit dem Ausgang zu verwechseln ...»

«Buchten wir ihn wegen Trunkenheit, Beleidigung und Widerstand ein?» schlug der Uniformierte vor, der mir den Arm verdreht hatte.

Coquelet schüttelte den Kopf.

«Laßt ihn laufen. Der Mann ist von Alkohol und Gewissensbissen schon ganz zermürbt. Laßt ihn nur laufen.»

Sie expedierten mich mit kräftigen Tritten in meinen Hintern aus dem Gebäude.

5

Draußen wurde es Tag. Alles war in Blau und Kühle getaucht. Der Himmel bewölkt mit Aufhellungen. Der Mannschaftswagen war weg, dafür stand ein anderes Fahrzeug da. Der Peugeot 404 parkte noch immer in der zweiten Reihe auf dem Mittelweg. Die Bürger waren wieder in die Heia gegangen und die Beamten spielten Tarock auf der Kühlerhaube eines R 17.

«Nehmen Sie Ihren Hintern da weg», riet ich.

Braunauge schleuderte einen Blick auf mich, der mich, wäre es ein Spieß gewesen, durchlöchert hätte, wie es bei Jules Verne in etwa heißt. Dessenungeachtet konnte ich den Hof überqueren, ohne daß sich mir jemand in den Weg stellte, und erreichte den Ausgang. Ich wedelte den beiden Wachbullen mit der aufgeklappten Brieftasche vor der Nase herum.

«Ich bin befugt zu gehen. Sehen Sie, sie haben es mir gegeben, die Chefs.»

Sie haben nichts darauf geantwortet, und nun stand ich wieder auf dem Gehsteig der Avenue du Général-Leclerc. Ich bog nach rechts und ging in Richtung Alésia. Ich hörte, wie hinter mir ein Auto startete und mir im Schrittempo folgte. Der Motor war total runter. Nicht gerade diskret, wenn das die Beschattung war, die sie mir angehängt hatten.

Doch das Fahrzeug überholte mich schließlich kurz vor der Metrostation, hielt etwa zehn Meter vor mir ganz dicht am Gehsteig, und die Wagentür öffnete sich einen Spalt. Ich steuerte geradewegs darauf zu. So wird man im Kino umgebracht. Ich riß die Wagentür auf, und niemand knallte mir seine Ladung Kugeln in die Eingeweide. Am Lenkrad saß ein alter Typ, der fast genauso abgewrackt aussah wie sein abgewrackter Aronde. Er trug einen braunen Überzieher mit Fischgrätenmuster, ein Halstuch mit Schottenkaros und eine großkarierte Schirmmütze auf dem Charakterkopf vom Typ satyrhafter Heldenvater. Er sah aus wie Jean Tissier.

«Was wollen Sie?» fragte ich.

«Presse», antwortete er. «Journalist. Kann ich Sie irgendwo hinfahren?»

«Zeigen Sie mir Ihren Presseausweis», sagte ich.

Ich war mir nicht sicher, ob er ein Flic war, dieser Witzbold. Erstens hatte er schon längst das Rentenalter erreicht. Und außerdem, als Presseausweis, da zeigte er mir ein verdammt lange abgelaufenes Ding.

«Der ist verdammt lange abgelaufen, Monsieur Jean-Baptiste Haymann», verkündete ich also.

«Ich bin in Rente», sagte er. «Ich arbeite nicht mehr.»

«Und was machen Sie dann hier?» fragte ich logischerweise.

«Setzen Sie sich rein und machen Sie die Tür zu, verflixt noch mal. Es ist kalt.»

Ich befolgte seine Aufforderung und wiederholte meine Frage.

«Bah», sagte er beim Starten. «Reflexe, sozusagen. Ich langweile mich zu Tode, verstehen Sie. Wenn ich mich langweile, klappere ich die Krankenhäuser und die Kommissariate ab, solche Sachen eben. Ich schlafe schlecht, und der ganze Mist, der einem heutzutage so verschrieben wird, den will ich nicht nehmen. Wenn Papis Schlummertrunk mal wieder nicht wirkt, fahre ich eben ein bißchen rum. Ich könnte ja mal auf eine Exklusivgeschichte stoßen. Wo lang?»

«Was?»

«Wir fahren wo lang?»

Er sprach es ‹wohl lang› aus. Ich begriff nichts. Ich beneide die Leute, die sich unentwegt Beweise ihrer Intelligenz liefern.

«Was sagen Sie?» meinte ich.

«Wo lang fahren wir?» schrie er mir ins Ohr.

«Ah», sagte ich. «Geradeaus».

«Haben Sie da, wo wir hinfahren, was zu trinken?»

«Ich bin nicht taub», gab ich ihm zu verstehen, weil er mir weiter ins Ohr brüllte. «Nein, ich habe nichts zu trinken. Warum?»

«Weil ich Durst habe.»

«Bedaure», sagte ich.

«Wir fahren nach Montparnasse», beschloß er. «Da machen um diese Zeit ein oder zwei Kneipen auf.»

«Ich fahre nicht nach Montparnasse. Ich will nach Hause.»

Er sagte nichts dazu, bog ab und fuhr die Avenue du Maine lang. Ich erhob keinen Einspruch. Außerdem hätte ich gern einen Kaffee getrunken. Es war fast sechs Uhr morgens, und ab und an sah man einen Lkw. Ein schlammbespritzter Lancia überholte uns heulend.

«Nach zehn Uhr abends ist der Pauperismus abgeschafft», brummte Haymann.

«Was?» meinte ich wieder.

«Nichts», antwortete er herablassend, gab aber trotzdem noch eine Erläuterung dazu ab: «Man sieht sie bis zum Morgengrauen, diese Drecksäcke», sagte er. «Die Geldsäcke. Je später, desto reicher. Wir leben in einer beschissenen Welt. Ihre Visage habe ich doch schon mal irgendwo gesehen? Sie könnten sich eigentlich vorstellen, oder?»

Wir hielten an einer roten Ampel. Ein riesiger Lkw quälte sich aus einer kleinen Seitenstraße und fuhr an uns vorbei, majestätisch im grellen Licht.

«Heute ist wirklich mein Glückstag», seufzte ich. «Alle erinnern sich an mich. Eugène Tarpon.»

Er kniff die Augen zusammen. Die Ampel wechselte auf Grün.

«Saint-Brieuc, nicht?»

Jemand hupte hinter uns.

«Ja», sagte ich.

«Halt die Schnauze, du altes Arschloch», schrie Haymann einem knallroten Toronado zu, der aufjaulend an uns vorbeisprang.

Er drehte sich wieder zu mir, als wir langsam auf den Tour Montparnasse zuschlichen, der im Licht der aufgehenden Sonne wie ein Ungeheuer wirkte.

«Was machen Sie denn jetzt, Monsieur Tarpon, beruflich?»

«Ermittlung, Beschattung, Diskretion, zu günstigen Preisen.»

«Sie scherzen!»

«Ich wünschte, dem wäre so.»

Er fing an zu lachen, es sah zunächst nach einem langen Lacher aus, es wurde dann aber doch keiner.

«Apropos Beschattung, Sie wissen, daß man uns seit der Metro Alésia folgt?»

«Ein grauer 404?»

Haymann nickte.

«Einfach kindisch», seufzte er. «Soll ich sie abhängen?»

«Mit Ihrem Aronde?»

Frostiger Blick.

«Mit meinem Aronde, ja!»

«Glaub ich Ihnen aufs Wort», sagte ich. «Ist aber nicht nötig. Ich hab nichts zu verbergen.»

Wir bogen am Bahnhof in die Rue du Départ ein oder in die Rue de l'Arrivée, die beiden verwechsle ich immer. Wir fuhren am Kaufhaus Inno-Montparnasse vorbei auf die Place de Rennes.

«Sie denken immer noch, daß ich ein Flic sein könnte», bemerkte Haymann. «Ist sowieso besser, wenn ich Sie mit zu mir nehme.»

Kaum hatte er das gesagt, wendete er abrupt auf dem Platz und bog in vollem Tempo in die andere Straße ein, in die Rue de l'Arrivée oder die du Départ, in die andere eben, und raste wie ein Bescheuerter über alle Kreuzungen.

«Ist es weit?» fragte ich.

«Fünf Minuten.»

Bei dem Tempo wären wir in fünf Minuten ja schon beinahe draußen in Corbeil. Eine Nacht mal richtig durchzuschlafen hätte mir eigentlich besser getan, als hier endlose Gespräche zu führen, aber ich sagte nichts. Ich drehte mich nach hinten und sah durch die Rückscheibe den 404, der bei Rot über eine Ampel fuhr, um an uns dranzubleiben. Es wurde wie verrückt gehupt, und ein gelber VW-Buggy rauschte der Limousine in die Seite. Rums! Der 404 schlingerte, bretterte über den Fußweg und rasselte in eine Bushaltestelle. Dann sah ich nichts mehr. Ich drehte mich zu Haymann. Er lächelte. Ich war mir nahezu sicher, daß er kein Bulle war, das wäre doch zu verwickelt, mich in eine Karre zu locken, mich mit einer anderen zu verfolgen und die wiederum von der anderen abhängen zu lassen, nur um mein Vertrauen zu gewinnen. Aber ich gab keinen Kommentar dazu ab, denn wenn er kein Bulle war, wußte ich nicht, was er tatsächlich war.

Zehn (und nicht fünf) Minuten später hatten wir die Porte de Vanves hinter uns gelassen, waren durch Malakoff gefahren und bereits in Clamart, in einer abschüssigen

Straße mit viel Grün, kleinen Gemüsegärten hinter grauverwitterten Lattenzäunen und häßlichen Häuschen hinter den kleinen Gemüsegärten. Haymann trat voll in die Bremsen und holperte über einen ausgetretenen Gehweg. Der Aronde stoppte in einer Staubwolke.

«Sie fahren zu schnell», bemerkte ich.

«Das ist noch gar nichts. Wirklich beeindruckend wird's erst, wenn ich betrunken bin», sagte Haymann und stieg aus dem Wagen.

Er öffnete eine Gittertür und fuhr den Aronde rein. Danach stieg ich auch aus und folgte ihm auf einem hellen Kiesweg zu einem zweigeschossigen, höchstens fünf mal fünf Meter großen Betonhäuschen. Die Fensterläden waren geschlossen, Haymann ging durch das Haus und machte sie auf, eine Küche und ein unbewohnt aussehendes Wohnzimmer unten, ein Schlafzimmer oben mit einer Toilette auf dem winzigen Flur, das war alles.

Haymann lächelte nicht mehr, sein Blick hatte sich verfinstert. Im Schlafzimmer stand neben dem verschnörkelten Bett ein Schreibsekretär, den machte er auf, holte numerierte und mit einem Gurt zusammengebundene Aktenmappen raus und schmiß sie auf das Bett.

«Los, schnüffeln Sie, Graf Mißtrauen», sagte er.

Ich steckte meine Nase rein. Nicht lange. Die Mappen waren voller Zeitungsausschnitte, mit J.B. Haymann signierte Artikel aus den Jahren 1935 bis 1969. Ich schnürte die Mappen wieder zusammen. Haymann stand neben dem Sekretär. Er warf mir ein Buch zu, ein in Monaco herausgegebenes weißes Bändchen. Es hieß *Rasende Feder*, anscheinend die Erinnerungen aus seinem Journalistenleben. Gut. Sein Foto auf der Rückseite. Gut.

«Sind Sie jetzt überzeugt, Graf Mißtrauen?»

«Kann ich mal telefonieren?»

Er nickte und brachte mich die Treppe runter. Als ich im Wohnzimmer war, machte er die Tür hinter mir zu. Ich rief noch mal Hervé Chapuis an. Es war inzwischen 6.30 Uhr. Er kam selbst an den Apparat und stieß ein Wutgeheul aus. Ich wartete, bis er sich beruhigt hatte.

«Da Sie doch Journalist sind, wollte ich Sie um eine Information bitten», sagte ich.

«Sie können mich mal am Arsch lecken. Ich bin kein Journalist, ich bin Regisseur. Was für eine Information?»

«Ein Journalist namens Jean-Baptiste Haymann», sagte ich. «Kennen Sie den?»

«Nein.»

«Könnten Sie sich erkundigen?»

«Warum verfolgen Sie mich eigentlich derart hartnäckig?»

«Ich habe sonst keinen zum Verfolgen. Können Sie sich erkundigen?»

«Jetzt?»

Als ich ja sagte, erging er sich abermals in Verwünschungen. Dann:

«Was wollen Sie denn über diesen Kerl wissen?»

«Welchen Ruf er hat. Ob man ihm vertrauen kann.»

Stille am anderen Ende der Leitung.

«Hallo?» fragte ich. «Sind Sie noch dran?»

«Mmmh. Sie gehen mir wirklich auf die Nerven, Tarpon. Ich hasse Sie.»

«Ich kann es Ihnen immer noch nicht erklären. Können Sie sich erkundigen und mich zurückrufen?»

Ich gab ihm Haymanns Nummer. Er schnauzte mich noch ein paar Minuten lang an. Dann legten wir auf. Ich ging wieder hoch in das Schlafzimmer, wo der Ruheständler auf mich wartete.

«Na, Graf Mißtrauen? Haben Sie sich über mich erkundigt?»

«Ja», versicherte ich.

«Erzählen Sie mir jetzt, was in dem Haus passiert ist, aus dem Sie gekommen sind?»

«Ja.»

Er hatte Kaffee raufgebracht. Sehr schlechten. Mit etwas Schnaps dazu, solchem, der literweise zum Früchteeinlegen verkauft wird, wärmte er aber trotzdem. Wir tranken, und ich erzählte ihm von dem Mädchen mit der durchgeschnittenen Kehle, den Halluzinogenen in der Wohnung und den Molotow-Cocktails im Keller.

«Und wer ist das Mädchen?» fragte Haymann.

«Weiß ich nicht», erwiderte ich. «Ich meine den Vornamen Griselda gehört zu haben, das klingt aber komisch.»

«Eher nach Shakespeare», sagte Haymann. «Den Familiennamen wissen Sie nicht?»

«Nein, aber ich weiß den Namen der Freundin, mit der sie zusammengewohnt hat.»

Ich sagte ihm, was ich den Flics gesagt hatte. Daß ich Memphis Charles bei meinem Interview auf dem Set getroffen hatte, nach der Sache in Saint-Brieuc; daß wir uns gut verstanden hatten; daß ich mir ihre Adresse notiert und es mich plötzlich überkommen hatte, bei ihr vorbeizuschauen, weil ich unter Weltschmerz litt und daß ich sie nicht gut kannte.

«Das haben Sie denen erzählt?» fragte Haymann. «Bravo. Und die haben Sie wieder laufenlassen? Oh, Verzeihung, jetzt verstehe ich. Jetzt verstehe ich, warum Sie mich für einen Flic halten. Welche Gentlemen befassen sich denn mit der Geschichte?»

«Ein gewisser Kommissar Coquelet.»

Haymann nickte und trank seine Tasse aus. Er goß sich Schnaps nach, ohne Kaffee diesmal.

«Ein Intellektueller», versicherte er. «Die Masche, Sie einfach gehen zu lassen, um Sie danach wieder zu schnappen, die ist typisch für ihn. Er hat sofort kapiert, daß Sie zu dem anderen Mädchen da Kontakt haben, der Freundin, mit der das Opfer zusammengewohnt hat...»

«Memphis Charles», sagte ich. «Aber das stimmt doch gar nicht.»

«Sie lügen wie gedruckt», stellte Haymann fest. «Macht aber nichts. Memphis Charles, nicht wahr? Gestatten Sie, daß ich mal telefoniere?»

Er verließ den Raum, ohne meine Antwort abzuwarten, ging die Treppe runter und schloß sich in seinem Wohnzimmer ein. Ich schlich hinterher und horchte an der Tür. Ich glaube, er hatte die Agence France-Presse an der Strippe und ließ sich mit einem Bekannten verbinden, einem Film- und Theaterfachmann.

«Eine gewisse Memphis Charles», sagte er. «Memphis wie Tennessee und Charles wie De Gaulle. Sie muß irgendwie was fürs Fernsehen oder so machen. Nein, ich lege nicht auf, aber warte mal. Ihre Freundin auch, den Familiennamen weiß ich nicht, Griselda Sowieso. Selbe Adresse, hmja. Danke.»

Ich nahm mein Ohr von der Tür weg, mit einer gewissen Erleichterung, denn wie hätte das denn ausgesehen, ich und nachspionieren; ich ging wieder rauf. Kurz danach kam Haymann zurück, mit einem Blatt Papier in der Hand, auf dem er sich etwas notiert hatte. Ich war mittlerweile beim dritten Kaffee. Die Kanne war leer. Ich hatte Sodbrennen.

«Auf geht's», rief Haymann bemüht optimistisch. «Griselda Zapata hat sich das Opfer genannt. Hieß aber genauso wenig Zapata wie Sie und ich. Geboren als Louise Sergent, am 3. Januar '45 in Courville bei Envermeu, Seine-Maritime. Schauspielerin, wenn man so sagen kann. Kleine Rollen in Dingern mit Titeln wie *Verbotene Zärtlichkeiten, Wie heilt man einen Homosexuellen und kommt dabei auf seine Kosten* und, halten Sie sich fest, *Die Lust der Tartaren*. Interessante Freundinnen haben Sie da.»

«Ich kannte sie nicht», warf ich ein, «nur ihre Freundin. Aber bloß flüchtig ...»

Haymann setzte sich und goß sich noch mal Schnaps

ein. Er hielt mir die Flasche kurz hin, ich schüttelte den Kopf.

«Memphis Charles, hm?» sagte er. «Ist auch nicht ihr richtiger Name. Charlotte Schultz heißt sie. Auch Schauspielerin, und Stuntfrau. Sauberer als die andere. '53 in Paris geboren. Stunts in jeder Menge Streifen und kleine Rollen in Underground-Filmen. Bedanken Sie sich.»

«Wofür?»

«Für die Informationen. Dafür, daß ich Ihre Ermittlung weitergebracht habe, und darauf trinke ich jetzt.»

Er trank.

«Ich ermittle nicht», sagte ich. «Ich bin doch nicht verrückt. Es geht hier um Mord. Nicht mein Ressort.»

Er zuckte mit den Schultern.

«Ich fände es klasse, wenn ich ermitteln könnte.»

«Nur zu», meinte ich.

«Möchten Sie, daß ich Sie auf dem laufenden halte, wenn ich es mache?»

«Na ja», brummte ich.

Das Telefon klingelte. Haymann runzelte die Stirn und sah auf die Uhr.

«Das wird für mich sein», sagte ich.

Wir gingen zusammen runter. Es war für mich, Hervé Chapuis.

«Ein alter Sack, Ihr Haymann», meinte er. «Eine Nervensäge, wie es scheint. Aber in Ordnung. Das wollten Sie doch wissen?»

«Ich glaube, ja.»

«Was ist los, Tarpon? Hat die Sache was mit Memphis Charles zu tun?»

«Falls Sie die zu Gesicht bekommen, sagen Sie ihr, sie soll mich wenigstens anrufen.»

«Aber was ist hier eigentlich los?» fragte er wieder.

Das hätte ich auch gern gewußt.

6

Haymann fuhr mich nach Hause. Auf dem Weg dorthin fragte ich ihn ein bißchen aus; wieso er denn dort draußen vor der Villa Auguste Ventrée gewesen war, als ich rauskam. Er warf mir einen schrägen Blick zu.

«Jetzt glauben Sie nicht mehr, daß ich ein Bulle bin», sagte er, «fragen sich aber, ob ich nicht ein sadistischer Mörder bin.»

Ich sagte ihm, daß ich mich lediglich erkundige.

«Ich war zufällig auf dem Kommissariat im 14. Arrondissement», erklärte er. «Ich sagte Ihnen schon, ich hab mich gelangweilt, und ich konnte nicht schlafen. Ich bin erst die Flics besuchen gegangen, die kennen mich, und dann die Jungen, die Zeilenschinder. Wissen Sie, es gibt sie noch vereinzelt, die Spezies der kleinen Nachwuchsjournalisten, die Krankenhäuser und Polizeiwachen abklappert und ständig auf eine große Sache hofft. Nun ja, egal, ich hab einen Glühwein mit den Jungs getrunken. Mit den Flics, meine ich, und dann mit ein paar vom Nachwuchs, die gegen halb zwölf wegen einer blutigen Schlägerei unter Negern zur Porte d'Orléans gefahren sind. Schlägereien interessieren mich aber nicht mehr. Also bin ich geblieben, hab Glühwein getrunken und versucht, diesen Arschlöchern Poker beizubringen, als jemand gegen Mitternacht anrief. Anscheinend eine Frau, die melden wollte, daß in einem Erdgeschoß der Wohnanlage eine Prügelei im Gange sei, zwei Mädchen polierten sich die Fresse.»

«Zwei Mädchen», sagte ich.

Wieder ein schräger Blick. Der Aronde fuhr den Boulevard Saint-Michel in Richtung Norden. Wir überholten einen Wagen der Müllabfuhr, an dessen Heck sich Bürger aus der Dritten Welt klammerten. Der Tag versprach noch kälter zu werden als der vorhergehende. All das Geschwätz von wegen sterbender Planet und so, auf die Dauer könnte man glauben, daß was dran ist.

«Ja», sagte Haymann. «Zwei Mädchen. Nicht verwunderlich, daß Coquelet Sie beschatten lassen wollte. Sie sollen ihn zu Charlotte Schultz führen. Haben Sie keine Ahnung, ob er noch andere Sachen entdeckt hat, die Ihren Schützling belasten?»

«Sie ist nicht mein Schützling.»

«Meinetwegen. Trotzdem. Haben Sie keine Ahnung?»

«Nicht die geringste», versicherte ich und dachte an das Messer und fragte mich andauernd, auf welches Motiv sie bloß angespielt hatte. Ich versuchte mir Memphis Charles, Ex-Charlotte Schultz, vorzustellen, wie sie Schlag Mitternacht kam, mich um Hilfe anbettelte, mich vorsätzlich mit dem Telefonhörer niederknüppelte, schnurstracks nach Hause zurückkehrte, den Mord beging, den sie mir vorher als Tatsache geschildert hatte, und schließlich in der Hoffnung, daß ich ihr als Alibi dienen würde, von der Bildfläche verschwand; das entbehrte jeder Logik. Ich legte meinen Kopf auf die Oberkante der Rückenlehne und seufzte.

«Nicht die geringste», meinte ich noch einmal. «Und weiter?»

«Was, und weiter?»

«Eine Frau hat angerufen, um zu melden, daß sich zwei Mädchen prügelten. Und weiter?»

«Ja. Also. Die Frau hat sofort aufgelegt, als man sie nach ihrem Namen gefragt hat. Die Jungs haben einen Streifenwagen zum Tatort geschickt und, na ja, ich hatte bis dahin nicht weiter drauf geachtet, aber sie haben den Mord entdeckt, und dann ging es mächtig rund im Kommissariat. Die Jungs redeten kein Wort mehr mit mir. Diese Bullen. Plötzlich waren sie alle zu Uniformträgern mutiert, es hätte nicht viel gefehlt, und sie hätten mich rausgeschmissen. Das werde ich mir merken.»

«Die Frau, die angerufen hatte», fragte ich. «Hat man herausbekommen, wer sie war?»

«Soviel ich weiß, nicht.»

«Gut», sagte ich. «Und weiter?»

Wir fuhren gerade am Justizpalast vorbei.

«Weil so viel Wirbel darum gemacht wurde, wollte ich auch hinfahren und es mir ansehen. Doch ich hatte zu viel Zeit verloren. Als ich ankam, war alles abgeriegelt, und sie haben mich nicht reingelassen. Dann hab ich gewartet. Und den Rest kennen Sie.»

Das hoffte ich. Ich habe nichts darauf erwidert. Wir sausten den Sébastopol runter. Seit die Hallen weg sind, fährt es sich hier schneller. Das hab ich zumindest gehört. Ich war nicht in Paris, als die Hallen noch da waren.

«Rechts», sagte ich. «Erste rechts. Da. Stop!»

Haymann setzte mich vor meiner Haustür ab. Es war fast acht Uhr morgens. Mir brummte der Schädel, und ich war müde. Ich konnte keinen klaren Gedanken mehr fassen. Ich bedankte mich bei dem alten Journalisten und sagte auf Wiedersehen.

«Sie halten mich auf dem laufenden, Graf Mißtrauen?» fragte er.

«Einverstanden. Sie mich aber auch. Sie haben die nötigen Kontakte. Die könnte ich brauchen.»

«Also ermitteln Sie doch?»

«Ich weiß nicht. Glauben Sie mir?»

Er sah mich an und zuckte mit den Schultern.

«Na gut. Bis dann», sagte ich.

Wir tauschten unsere Telefonnummern aus. Ich stieg zu meiner Wohnung hoch und litt wie immer unter den vier Etagen ohne Aufzug. Niemand stand bei mir auf der Matte, nicht einmal Coquelet oder einer seiner Handlanger, ich ging rein und verriegelte die Tür. Der Zettel mit der Nachricht von Memphis Charles lag noch auf dem Schreibtisch, wo ich ihn liegengelassen hatte. Nicht gerade intelligent von mir. Ich ließ ihn in einem Aschenbecher in Flammen aufgehen und entsorgte die Asche im Ausguß. Ich hätte mich zwar unheimlich gern hingelegt, statt dessen erledigte ich aber noch so einiges: Ich kochte frischen Kaffee. Gab telefonisch ein Telegramm an meine Mutter auf, um ihr mitzuteilen, daß ich heute nicht kommen würde. Ich saß am Schreibtisch, trank den Kaffee und dachte nach, eingelullt von Stanislavskis Nähmaschine. Mein Nachdenken führte zu nichts. Ich stellte meine Tasse ab, streckte mich auf dem Bettsofa aus und schlief auf der Stelle ein.

7

Ich machte die Augen auf, stieg aus dem Bett, ging rüber ins Büro, sah haßerfüllt auf das Telefon und nahm den Hörer ab.

«Hallo, dort ist doch das Büro von Monsieur Tarpon?»

Eine Stimme wie ein Bauerndepp. Noch jemand, der ins Telefon brüllte.

«Hmja», brummte ich.

«Monsieur Tarpon, der Detektiv?»

Ich sah auf meine Uhr und dachte: Mist, denn es war drei und offensichtlich nachmittags. Das hat man nun von seinen Exzessen. Überanstrengung, Alkohol und Übereifer. Mann o Mann.

«Hmja.»

«Sind Sie selbst dran?»

«Hmja. Wer ist am Apparat?»

«Ich muß Sie sehen.»

«Aber wer sind Sie denn, Monsieur?»

«Gérard Sergent. Ich bin der Bruder von Louise.»

«Welche Louise?»

«Gottverdammt!» brüllte der Schwachkopf. «Meine Schwester Louise, die von dem Sadisten abgestochen wurde!»

Louise Sergent. Griselda Zapata. Aha. In puncto Schwachkopf war ich wirklich Spitze.

«Ja, natürlich», sagte ich in einem Ton, der Mitleid rüberbringen sollte. «Louise. Und Sie sind ihr Bruder. Und Sie wollen mich sehen.»

«Jo. Unbedingt. Ich komm gerade aus dem Leichenschauhaus. Ich hab einen Freund von Ihnen dabei. Ein Jude.»

Er hatte den Hörer an die Lippen gehalten und die letzten beiden Worte nur geflüstert. Reizend, der Knabe.

«Ich verstehe», meinte ich. «Haymann.»

«Richtig. Die Polizei will mir nichts sagen, aber er hat mir gesagt, Sie würden das gern machen und wären nicht zu teuer.»

Na gut. Jetzt war ich also soweit, Bauerndeppen in Trauer auszunehmen, oder war der Kerl vielleicht ein stinkreicher Schweinehändler?

«Ich erwarte Sie», sagte ich. «Haben Sie meine Adresse?»

«Jo.»

«Na gut, sagen wir Viertel vor vier.»

«Jo.»

«Mein Beileid», sagte ich.

«Danke.»

Er legte auf. Ich legte ebenfalls auf und fragte mich, wieviel ich von ihm verlangen sollte. Mit diesem Zweifelsfall beschäftigt, ging ich runter und kaufte Aspirin-Brausetabletten und eine *France Soir*. Das Foto von Griselda Zapata war in klein auf der ersten Seite abgedruckt. Darauf präsentierte sich die Verstorbene in schwarzen Schaftstiefeln und ausgefransten Shorts samt Angorakatze in den Armen, um ihre Brüste zu bedecken. *Starlett getötet*, lautete der Titel, *Mörder vielleicht ein Einbrecher* (Seite 5). Warum auch nicht? dachte ich. Ein Einbrecher oder gar der Apostolische Nuntius, oder aber ein Bekannter des

Opfers. Oder halt Lee Harvey Oswald. Irgend so einer eben.

«Monsieur Tarpon?»

Ich wollte gerade die Zeitung aufschlagen und zurechtfalten, um den Artikel auf Seite 5 zu lesen. Ich hielt in meiner Bewegung inne. Der Fragesteller war schlank und ziemlich blaß um die Schnauze, hatte aufgrund eines sehr kräftigen Bartwuchses ein bläulich schimmerndes Kinn, rabenschwarzes Haar und trug einen pflaumenfarbenen, engen Anzug, der am Hosenschlitz spannte. Ich meinte, ihn schon zwei- oder dreimal im Viertel gesehen zu haben.

«Was willst du?» fragte ich.

«Ich nichts, aber Freunde von mir. Sie haben Ihnen was zu sagen. Wenn Sie bitte in dem Hotel direkt vor Ihrem Haus vorbeischauen würden.»

«Und du meinst, ich mach das. Deinen Freunden kannst du bestellen, sie sollen mich anrufen und einen Termin vereinbaren.»

Ich schob ihn mit der Hand zur Seite und ging los. Er folgte mir friedlich, mit einigem Abstand. Vermutlich dachte er nach.

«Beim Haupt meiner Mutter», brachte er endlich raus, «wenn Sie nicht mitkommen, werde ich Ihnen gleich einen irreparablen Schaden zufügen.»

Ich sah zurück. Er hatte ein Kürschnermesser aus seiner Tasche gezogen. Das ist keine Waffe, sondern ein Werkzeug, dafür braucht man keinen Schein. Scharf ist so was aber trotzdem. Was war nur in den gefahren, beim Haupt seiner Mutter zu schwören? Mir pochte das Blut in den Schläfen.

«Ist es denn so wichtig?» fragte ich. «Na gut. Wir werden uns doch nicht streiten. Gehen wir.»

Sein Stoßseufzer der Erleichterung beunruhigte mich ernsthaft. Er hätte seine Drohung wirklich wahr gemacht, wenn ich ihm nicht gefolgt wäre.

Ich ging auf das Haus zu, in dem ich wohnte, faltete dabei meine Zeitung zweimal zusammen und klemmte sie mir unter den Arm. An dem schwarzen Schild mit goldenen Lettern, das Zimmer stunden- und tageweise anbot, schwenkte ich in den Eingang des kleinen Hotels. Eine zwanzigjährige Dame, die aussah wie dreißig, hielt mir ihre Fleischpartien vor die Nase.

«Laß uns durch», befahl der bleiche Zuhälter, sie seufzte, ließ dabei die Luft aus ihren Brüsten raus und mich bei dieser Gelegenheit zum Eingang rein.

Ich stieg die Treppe hoch. Als ich auf dem Treppenabsatz angekommen war, warf ich einen kurzen Blick auf den menschenleeren Flur und drehte mich zu Zuckerschnute um. Ich versetzte ihm einen Tritt unter die Nase. Er fiel rückwärts auf die Stufen, und bevor er nach unten rutschte, sprang ich ihm schnell mit beiden Beinen auf den Bauch. Er stieß ein fürchterliches Geräusch aus, nur einen Mitlaut ohne nachfolgenden Selbstlaut, weil ihm die Luft dazu ausging, dann glitt er wie ein Schlitten die Treppe runter, ich hockte auf ihm und glitt mit, wie in der Cinerama-Wunderwelt. Sein Kopf rumste auf die Fliesen, als wir im Erdgeschoß landeten.

«Ach, jetzt überkommt es sie wohl!» schimpfte die unzüchtige Vestalin mit dem irrsinnigen Volumen. «Na, dann verzieh ich mich lieber», meinte sie noch und rückte ab.

Ich zog Zuckerschnute hoch und lehnte ihn an die Wand, er stammelte G! R! K! und kratzte sich unentwegt am Hals, mit weit aufgerissenem Mund, sein Gesicht hatte dieselbe Farbe wie sein Anzug angenommen. Die Nase hatte ich ihm auch noch gebrochen. Er würde mich sein Leben lang in liebevoller Erinnerung behalten.

Er versuchte, sein Schneidwerkzeug rauszuholen, ich nahm es ihm ab. Kein Mensch zu sehen in dem Hotel. Schon merkwürdig, aber praktisch. Übrigens fand ich das in dem Moment gar nicht merkwürdig.

«Wie heißt du?» fragte ich.

Er versuchte, mich zu beißen. Ich stieß seinen Kopf gegen die Wand.

«Wie heißt du?»

«César.»

Das paßte wie die Faust aufs Auge.

«Hör zu, César. Deine Freunde wollen mir was sagen. Ich will mir das schon anhören, ich mag aber gar nicht, wenn man mir droht. Wo sind sie denn, deine Freunde?»

«Du Schwuchtel», sagte César. «Du hast mich nur gekriegt, weil ich mit den Gedanken woanders war. Warte, wir sprechen uns noch. Ich krieg dich noch, wann, wie und wo du willst. Dann stopf ich dir deine verkümmerten Eier ins Maul.»

«Aber ja doch», meinte ich geduldig. «Wo sind sie denn, deine Freunde?»

«Oben.»

«Drück dich präzise aus, oder muß ich dich erst bearbeiten.»

«Ich spuck auf dich.»

«Dann soll ich dir also die Fresse polieren?» fragte ich.

Dieser langweilende Schlagabtausch wurde noch eine Weile in der Art fortgeführt.

«Zimmer drei», sagte er schließlich.

«Wieviele?»

«Zwei.»

«Wer sind die?»

«Ich weiß nicht. He, tun Sie das nicht! Es stimmt, ich schwöre Ihnen, ich weiß es nicht. Man hat mir aufgetragen, alles zu tun, was die von mir verlangen würden, aber ich kenn die nicht, das sind nicht mal Franzosen, diese Schwuchteln.»

Ich ließ ihn los. Seine Klinge behielt ich in der Hand. Er befühlte sofort seine Nase und verzog vor Schmerz das Gesicht.

«Schlampe», sagte er. «Dich krieg ich noch.»

«Nicht weinen, César», riet ich ihm. «Jetzt siehst du wenigstens wie ein richtig harter Bursche aus.»

Er spuckte mich an. Ich ging die Treppe hoch und machte dabei meine Jacke sauber. Als ich oben war, sah ich kurz zu ihm runter. Er lehnte noch an der Wand, hielt eine Hand an die Nase, stierte vor sich hin und fing an zu lächeln, da dachte er wahrscheinlich gerade an meinen verstümmelten Leichnam. Ich seufzte. Ich hatte ihn verdroschen, weil er mir Angst gemacht hatte, das war der eigentliche Grund, und nichts anderes, ich brauchte also nicht stolz zu sein. Ich marschierte in dem menschenleeren Flur zum Zimmer drei. Ich drehte am Griff und stieß die Tür mit einem Fußtritt auf. Die beiden Kerle sprangen hoch.

«Eugène Tarpon», sagte ich müde. «Sie wollten mich sprechen?»

Sie waren beide sehr groß, mager, gleichmäßig gebräunt (Höhensonne, dachte ich), wirkten aber etwas angegriffen. Dunkelblaue Seidenanzüge, vom selben Schneider. Schwarze Haare, Bürstenschnitt. Der mit der Sonnenbrille zog aus seiner Jackentasche eine kleine Automatikwaffe mit einem großen Schalldämpfer und richtete sie mit ausgestrecktem Arm auf mich. Das war in meinen Überlegungen natürlich nicht vorgesehen gewesen.

«Wo ist César?»

Der Typ hatte einen ausländischen Akzent. Amerikaner.

«Unten.»

Er zog die Augenbrauen hoch (sie kamen über der schwarzen Fassung der tiefschwarzen Brille zum Vorschein).

«Sie kommen mit», meinte er.

«Wohin?»

«Das werden Sie sehen.»

Er ließ mir überhaupt keine Chance, als er aus dem Zimmer ging. Er hielt mich unentwegt mit seiner Waffe in

Schach, einer Ruger, Kaliber .22, stand jedenfalls drauf. Sein Kumpel kam auch raus und tastete mich ab. Er nahm mir das Kürschnermesser, meinen Kugelschreiber, meine Uhr und meine Schlüssel ab. Ich hatte jetzt keinen harten Gegenstand mehr bei mir. Der Kumpel packte mich am Ellenbogen. Ich ging in die Richtung, die jene Herren vorgaben. Ich wußte nicht, was ich sonst hätte machen sollen.

Wir betraten ein anderes Zimmer, am Ende des Ganges. Eine Glastür führte auf eine Außentreppe und die wiederum in einen düsteren Hof. Wir gingen über den Hof, durch ein anderes Gebäude und standen plötzlich auf einer Gasse. Sonnenbrille hatte seine Pistole weggesteckt, und ich wollte mein Glück versuchen. In dem Moment, wo ich meine Muskeln anspannte, um mich zu befreien, packte Sonnenbrille meinen Nacken mit einer Hand, und sein Kumpel verdrehte mir was am unteren Bizeps. Ich knurrte. Ich konnte nichts mehr machen. So klasse Tricks bekommt man als Gendarm natürlich nicht beigebracht.

Quer auf dem Fußweg geparkt stand ein knallroter Toronado, den ich schon mal irgendwo gesehen hatte. Der Kerl am Steuer glich den beiden wie ein Ei dem anderen. Wir stiegen in den Wagen. Er startete, fuhr auf die Rue Saint-Martin und raste in Richtung Süden. Ich sah auf die Omega am Handgelenk von Sonnenbrille. Zwanzig vor vier. Ich konnte noch immer nichts machen. Ich würde nicht pünktlich zu meiner Verabredung mit Gérard Sergent kommen.

8

Der Fahrer des Toronado war sehr vorsichtig und höflich. Man spürte, hier hatte man einen Mann vor sich, der wußte, welchen Wert Regeln hatten. Um uns herum riskierten Familienväter mit Impfpaß und Wahlberechtigung ihr Leben, nur um fünf Minuten eher anzukommen. Nicht so der gute Mann. Sein Hupen um sechs Uhr früh, die Art, wie er aufjaulend Haymanns Aronde überholte, das mußte sein, um echt zu wirken, um nicht aufzufallen, während er uns wie ein Idiot am Hintern klebte. Und mußte ich nicht auch annehmen, daß dieser Mann, während wir den 404 der Mistbullen abgehängt hatten und nach Clamart und wieder zurückgerast waren, es fertiggebracht hatte, ständig unbemerkt in unserer Nähe zu sein?

Wirklich ein außerordentlicher Künstler. Ich betrachtete seinen Nacken. Er hatte keinen Künstlernacken; er hatte einen Militärnacken. Aber was beweist das schon?

Wir verließen Paris über die Porte d'Orléans (durch die Rue Saint-Jacques usw.) und brauchten nicht lange, bis wir die Wälder von Verrières erreicht hatten. Der Toronado verließ die Straße und bog in eine schlammige Allee ein. Und ich konnte immer noch nichts machen, die Ruger war auf mein Herz gerichtet.

Wir hielten unter den Bäumen. Auf der Erde lagen abgestorbene Blätter, oben trieben neue Knospen. Der ewige Kreislauf der Natur. Und mein Kreislauf, würde der nun ausgeschaltet werden oder was?

Der Fahrer klappte seine Armlehne auf und nahm einen Telefonhörer ab. Einen Augenblick später begann er auf Ausländisch in den Apparat zu sprechen. Alles, was ich verstand, war «okay». Damit war nicht viel anzufangen. Er hängte ein und klappte die Armlehne wieder zu.

«Wir warten», verkündete mir Sonnenbrille.

Wir warteten. Nicht lange. Fünf Minuten später kam ein Mercedes, ein Riesenschlitten, schien nicht mehr das allerneueste Modell zu sein, stahlgrau lackiert, Fernsehantenne hinten am Kofferraum und Vorhänge so ziemlich überall. Er bog ebenfalls in die schlammige Allee ein und blieb parallel zu uns stehen.

«Wir steigen aus», befahl Sonnenbrille.

Was anderes als den Indikativ Präsens beherrschte der nicht. Doch verständlich machen konnte er sich! Wir stiegen aus. Die drei Knaben ließen mir wieder keine Chance. Wir gingen rüber zum Mercedes und sanken dabei im abgestorbenen Laub ein. Es waren keine Griffe an den stahlgrauen Türen. Als wir näherkamen, sprang hinten eine auf, der Fahrer des Toronado rückte mir von der Pelle und sagte etwas zu jemandem im Mercedes, jemand, den man wegen der Vorhänge nicht sehen konnte. Dann drehte er sich wieder zu uns um und nickte.

«Sie steigen in diesen Mercedes», sagte Sonnenbrille zu mir.

Dann stieß er mich mit der linken Hand zur Tür. Der Fahrer des Toronado hielt sie mir auf. Ich stieg ein.

Zwischen den Vordersitzen und dem Fond der Limousine war eine Trennscheibe. In der Trennscheibe war eine Sprechöffnung, durch die der Fahrer des Mercedes den Lauf einer Automatikpistole auf mich gerichtet hatte. Eine

Beretta, wie es aussah, und kleinkalibrig, offenbar wieder eine .22er. Die schienen ja unheimlich auf .22er zu stehen, diese komischen Käuze, das heißt, entweder waren sie sich ihrer Sache zu sicher, oder sie schossen wirklich gut. Ich neigte eher zu der letzten Annahme, denn ich bin leicht zu beeindrucken.

Ich ließ mich vorsichtig auf dem gelben Ledersitz nieder und sah mir den Fahrer des Mercedes an, er hatte blonde Bürstenhaare, braune Augen, eine schmale Nase, trug einen teuren grauen Anzug und sah bösartig aus. Die Tür wurde hinter mir zugeschlagen. Ich warf einen kurzen Blick darauf und sah, daß auch innen die Griffe fehlten. Ich fragte mich, wie man das Ding wohl aufbekam.

Dann sah ich mir den Menschen an, der mit mir im Fond saß, am liebsten würde ich am anderen Ende des Fonds sagen, denn die Kiste war wirklich geräumig.

Ein Mittfünfziger, eiförmig, Schädel und Körper. Kurze Arme und Beine. Wurstfinger an den breiten rosigen Händen. Die Linke ruhte auf einem Knie des Herrn, die andere hielt ein schmutziges Taschentuch und betupfte die Augen des Herrn. Die Augen waren rot und geschwollen. Unablässig quollen dicke Tränen daraus hervor. Vielleicht eine Allergie?

Eine Höckernase, das Kinn versank in den Fettwülsten des Halses. Der Herr war völlig kahl, hatte aber einen dichten schwarzen Schnurrbart. Er war wirklich klein, sicherlich unter eins sechzig. Sein schwarzer Anzug schien seit langem nicht mehr gebügelt worden zu sein; staubige Schuhe, weiße Seidensocken. Sein nicht ganz sauberes Hemd war eins von diesen Dingern mit abnehmbarem Kragen, wie sie Kellner haben, doch er trug keinen Kragen und auch keine Krawatte. Er machte einen sehr schlechten Eindruck auf mich. Ein exzentrischer Clochard, so was wie ein heruntergekommener, aber mit einem Mercedes ausgestatteter, ehemaliger hoher Beamter des Osmanischen Reiches.

Das ergab keinen Zusammenhang. Ich empfand alles als vollkommen zusammenhanglos. Ich versuchte überflüssigerweise in den sehr langen Lauf der Beretta zu sehen. Dann richtete ich mein Augenmerk wieder auf das osmanische Wrack. Der Typ blickte mich an und vergoß weiterhin reichlich Tränen. Eine Weile verstrich.

«Ja und?» meinte ich.

«Pssst!» hauchte der Fahrer.

Der abgewrackte Osmane reagierte nicht. Er betrachtete mich eingehend und heulte. Er tat nichts anderes. Er hatte sogar aufgehört, sich das Gesicht abzutupfen, und die Tränen rannen über sein Gesicht, verfingen sich in seinen etwa zwölf Stunden alten grauen Bartstoppeln, tropften dann auf sein Doppelkinn und verschwanden in dem kragenlosen Hemd. Ich fühlte mich ausgesprochen unwohl.

Ich wartete.

Nach vier oder fünf Minuten oder zwei Stunden oder zwei Jahren faßte sich der Abgewrackte mit der linken Hand ins Gesicht. Er befühlte seine feuchten Wangen und sein Barthaar und betrachtete mich dabei unentwegt. Er hatte schwarze Augen. Das Weiße um seine schwarzen Augen war blutunterlaufen. Er mußte schon eine ganze Weile geheult haben.

Endlich beugte er sich etwas vor, streckte die linke Hand aus und öffnete neben dem kleinen ausgeschalteten Fernseher ein Fach in der Lehne des Vordersitzes. Er nahm einen Batterierasierer raus, stellte ihn an und rasierte sich.

Und der Typ hörte nicht auf, mich anzublicken. Er schnitt sämtliche Grimassen, die man gewöhnlich beim Rasieren macht. Er reckte den Hals, um die Haut zu straffen, zog mit den Fingern die Wülste auseinander, um mit allen Haaren kurzen Prozeß zu machen und starrte mich hartnäckig an, weinte hartnäckig, geräuschlos, viel. Ich hatte wirklich Schiß.

Als er mit dem Rasieren fertig war, legte er den Apparat

zurück, und ich meinte, zum ersten Mal einen Lidschlag bei ihm bemerkt zu haben. Seine speckigen Lippen bewegten sich; sie formten Worte, doch ich vernahm nur einen Hauch. Mit einem Mal schien der Abgewrackte in sich zusammenzufallen. Er hatte kein Interesse mehr an mir, er hörte auf, mich anzustieren. Die Tür wurde geöffnet, ich weiß noch immer nicht, wie. Mit dem Lauf der Beretta machte mir der Fahrer des Mercedes ein unmißverständliches Zeichen. Ich stieg aus dem Auto. Das Tageslicht blendete mich. Ich fragte mich, wie lange ich wohl in dem Halbdunkel gewesen war.

Bevor Sonnenbrille die Autotür wieder zuschlug, konnte ich sehen, wie der Abgewrackte den Fernseher einschaltete. Er heulte immer noch. Dann schloß sich die Tür wieder, der Mercedes startete, wendete unter den Bäumen, fuhr den Schlammweg zurück und verschwand langsam in der Ferne.

«Sie gehen zu Fuß», sagte Sonnenbrille zu mir.

Sein Kumpel warf meine Uhr, meine Schlüssel und meinen Kugelschreiber in das Laub. Die beiden und ihr Fahrer stiegen wieder in den Toronado und fuhren davon. Beide Autonummern merkte ich mir; es waren französische Kennzeichen. Alles abrufbereit in meinem Hirn registriert. Ich stand wahrscheinlich etwas unter Schock, denn als mir das Geknatter der Turbinen einer Alouette II, die einen Rundflug über den Bäumen machte, in den Ohren dröhnte, zuckte ich ungeheuer zusammen. Ich schüttelte mich, sammelte meine Sachen ein und machte mich per pedes auf den Heimweg, wie es Sonnenbrille gesagt hatte. Es war fünf Uhr nachmittags.

9

Ein Bus brachte mich nach Sceaux. Dort nahm ich den Zug, stieg in Denfert um und fuhr, umzingelt von einem Heer müder und gewalttätiger Lohnempfänger, mit der Metro nach Hause. In den Straßen standen die Autos Stoßstange an Stoßstange und die Luft war zum Umfallen. Außerdem hing über allem noch eine Warmwetterfront, so daß man erst recht fast erstickte. Mir gelang es trotzdem, mich bis zu meinem Haus durchzuschlagen und die vier Etagen hochzuschleppen. Ich war kurz vorm Verhungern, weil ich seit den zwei Eiern und dem Stückchen Käse vor ungefähr dreißig Stunden nichts mehr gegessen hatte. Zum Glück verging mir sofort der Appetit, denn als ich oben auf dem Treppenabsatz ankam, sah ich Coccioli vor meiner Tür stehen. Er sah verärgert aus und hatte ein Pflaster auf der Stirn.

«Nun, Tarpon, wo haben Sie denn gesteckt?»

«Im Wald.»

«Wie bitte?»

«Ich bin durch den Wald spaziert», seufzte ich. «Wollen Sie reinkommen?»

Ich holte meine Schlüssel raus. Er schüttelte wütend den Kopf.

«Sie müssen sich der Polizei zur Verfügung halten», behauptete er.

«Ich gebe mir ja alle Mühe», sagte ich. «Sie müßten mich halt überwachen, das wäre sicherer.»

Ihm platzte vor Wut fast das Pflaster von der Stirn. Ich dachte, daß er mich nun einlochen würde, aber nein, er beruhigte sich.

«Sie spielen hier den Schlaumeier», sagte er. «Bravo. Recht haben Sie. Genießen Sie das Leben, Tarpon, man weiß ja nie, wieviel Scheiße einem der morgige Tag beschert.»

Ich schloß meine Tür auf.

«Diese ordnungsgemäße Vernehmung», fragte ich, «ist die bald?»

«Der Untersuchungsrichter wird Sie zu gegebener Zeit befragen.»

«Gut», sagte ich. «Kommen Sie rein?»

Er schüttelte den Kopf und stapfte mit großen Schritten zur Treppe. Ich hörte, wie er runterstieg. Ich machte die Tür zu. Meine Fenster gehen zur Hofseite raus. Schade, denn ich hätte gern gewußt, in welchem Wagen er auf der Lauer lag. In dem Peugeot 404 auf keinen Fall. Von dem dürfte nicht viel übriggeblieben sein. Ich streckte die Hand nach dem Telefon aus, um bei Haymann anzurufen, und genau in dem Moment, als ich den Apparat berührte, klingelte er.

«M'sieu Tarpon?»

«Bin ich.»

«Guten Tag, M'sieu Tarpon. M'sieu Stanislavski am Apparat.»

Ich fragte ihn, wie es ihm ginge. Er meinte bestens.

«Hier oben sind zwei Herren. Die erwarten Sie.»

«Ich komme rauf», sagte ich.

Ich stürzte zu meinem Koffer unter dem Bettsofa. So wie die Dinge liefen, war ich auf alles gefaßt. Ich öffnete die

Pralinendose und nahm meine Dienstwaffe raus, eine P 35, das heißt, eine Browning, mit belgischer Lizenz von polnischen Arbeitern unter der deutschen Besatzung hergestellt. Ein Gedicht. Ich hatte die Erlaubnis, sie zu besitzen, nicht aber, sie zu tragen. Ich stopfte sie in meine Jackentasche und ging hoch in die fünfte Etage.

Stanislavski machte mir auf. Ein runzeliges Männchen. Für einen Schneider enorm schlecht angezogen. Aber nett, und es gibt nicht viele Leute auf der Welt, von denen man das sagen kann.

Er sah nicht verängstigt aus, aber ich sagte mir, daß er trotzdem einen Trupp Mörder im Zimmer haben konnte, weil ich gegenwärtig auf alles gefaßt war, wie ich schon sagte, deshalb rannte ich Stanislavski beinahe über den Haufen, um reinzukommen, die Hand an meiner Pistole. Auf der Bank in der Werkstatt sah ich Haymann und einen dicken jungen Mann sitzen, der Gérard Sergent sein mußte.

«Ach so», sagte ich.

«Na, was ist denn mit Ihnen los, M'sieu Tarpon?» fragte Stanislavski.

«Entschuldigen Sie.»

Ich zog die Hand aus der Tasche und ließ sie dumm herumhängen. Ich wußte nicht mehr, was ich mit dieser Hand machen sollte. Als letzten Ausweg streckte ich sie dem dicken jungen Mann hin, der aufstand, wobei er sich die Lippen leckte und dann meinen Arm als Pumpenschwengel benutzte.

«Eugène Tarpon, Gérard Sergent», sagte Haymann bloß.

Gleichzeitig tippte er mit dem Zeigefinger auf seine Armbanduhr und blickte mich wütend und fragend an.

«Ich bin untröstlich, aufgehalten worden zu sein», sagte ich zu Gérard Sergent.

«Macht nichts.»

«Sie haben Informationen gesammelt, da bin ich mir sicher», erklärte Haymann entschieden und machte dabei zuckende Schüttelbewegungen mit dem Kopf in meine Richtung.

«Genau», sagte ich. «Ich hab was eingesammelt.»

Haymann trat einen Schritt vor.

«Wir haben vor Ihrer Tür gewartet, mein Lieber, da hörten wir, wie jemand hochkam. Ich habe einen kurzen Blick ins Treppenhaus geworfen und gesehen, daß es diese Mißgeburt von Coccioli war, also sind wir lieber noch eine Etage hoch. Er hat vor Ihrer Wohnung haltgemacht, eine ganze Weile geklingelt und dann gewartet. Wir konnten nicht wieder runter, weil wir die Polizei aus dem Ganzen raushalten müssen, das habe ich unserem Freund hier zu verstehen gegeben...»

Dabei tätschelte er die Schulter von Sergent. Während Haymann sprach, sah ich mir den dicken jungen Mann genauer an. Er war eher kurz und stämmig als wirklich dick. Die sehr breiten Schultern paßten kaum in das Nylonhemd und in die Jacke seines großkarierten Anzuges. Furchtbare gelbe Treter an den Füßen. Eine schwarze Strickkrawatte am Hals. Der Kerl war etwa so groß wie ich, aber sicher doppelt so breit. Blond, dicker Kopf, runde wäßrigblaue Augen blinzelten unter kurzen Wimpern. Eher ein Kuhhirte als ein Schweinehändler. Bei Kasse schien der nicht zu sein. Er sah seiner Schwester überhaupt nicht ähnlich.

«Und dann», meinte Haymann abschließend und zeigte auf Stanislavski, «hörte der Herr Geräusche auf dem Treppenflur, er hat die Tür aufgemacht, ich hab ihm zugeflüstert, daß wir auf Sie warten würden, und er bat uns auf einen Tee herein.»

Der altgediente Journalist schwenkte ein Glas in der Hand, das eine fast wasserklare Flüssigkeit enthielt.

«Ich mach Ihnen auch einen, M'sieu Tarpon», rief sogleich das tapfere Schneiderlein aus.

Er holte ein Senfglas, füllte feuchte Teeblätter in ein Sieb, legte es auf das Glas und goß heißes Wasser drüber.

Ich musterte Gérard Sergent weiter, während er sich wieder hinsetzte, auch Haymann setzte sich wieder neben ihn, ich nahm mir einen Stuhl. Nein, der Bauerndepp war seiner Schwester nicht ähnlich, doch durch ihn verstand ich seine Schwester besser. Und mich wunderte nicht, was er mir über sie erzählte, während wir unseren Tee tranken.

«Sie war drei Jahre älter als ich, und zuerst war sie nicht so eine Rumtreiberin, glauben Sie das bloß nicht», beteuerte er.

Er stellte sein Glas auf den Boden, quetschte seine dicken roten Hände auf seine gespreizten Knie und warf mir einen provozierenden Blick zu, als ob er nur darauf wartete, daß ich das Gegenteil behaupten würde. Ich nickte. Stanislavski verschwand diskret im anderen Zimmer. Er hatte sicher wieder was zu tun. Handwerker wie er mußten jede Minute schuften, einfach nur, um zu überleben. Ich hätte gern vorgeschlagen, daß wir zu mir runtergehen, um ihn in Ruhe rackern zu lassen, doch Gérard Sergent kam beim Erzählen allmählich in Fahrt, und Stanislavski, glaube ich, freute sich, mal einen Privatdetektiv in seiner Werkstatt zu haben.

«Und selbst später», sagte Gérard Sergent. «Sie blieb *rein*, wissen Sie. Sicher, es gab all diese Männer, die hinter ihr her waren, aber sie blieb rein.»

«Welche Männer?» fragte ich.

Er hat mir nicht gleich geantwortet, sondern fing an, von ihrer gemeinsamen Kindheit zu erzählen. Und wie glücklich er in dieser Zeit gewesen sei. Ich sagte mir, daß die Gegend von Envermeu ja ziemlich idyllisch sein mußte, seinem verzückten Engelsblick nach zu urteilen, wenn er von Hühnern und Schweinen redete.

«Und Ihr Vater?» fragte ich. «Was war mit dem?»

Sein Blick wurde finster.

«Ich hatte keine Zeit, ihn kennenzulernen. Er starb, als ich noch ein Knirps war. Ich war gerade zwei Monate alt.»

«Tut mir leid», sagte ich.

«Er hinterließ uns das Haus und ein Stück Land, nicht wahr. Reich waren wir sicher nicht, aber uns fehlte nichts, denn wir hatten keine Sorgen und wir waren zusammen, Louise, Mama und ich. Mehr brauchten wir nicht.»

«Und dann kam ein Herr aus der Stadt daher», sagte ich mit sonorer Baßstimme.

Ich hätte die Geschichte fast an seiner Stelle erzählen können. Er nickte, und sein rötliches Gesicht wurde rot. Sicher würde er gleich wieder davon anfangen, wie rein seine große Schwester doch war. Und prompt legte er wieder los.

«Und dann, sie begriff nicht», erklärte er. «Sie hat sich gefreut, mit ihm ausgehen zu können, daß er ihr Sachen kaufte. Und als er ihr dann vorgschlagen hat, für ihn zu arbeiten, hat sie sich auch sehr gefreut, in die Stadt zu gehen und so.»

Haymann und ich blickten uns kurz an. Er sah müde und angewidert aus. Aber vielleicht mochte er nur einfach keinen Tee.

Gérard Sergent erzählte weiter. Wie seine Schwester im Kino von Gournay-en-Bray, im Coliséum, Platzanweiserin wurde, weil dem Kerl das Coliséum gehörte. Und wie sie ihn immer auf seinen Geschäftsreisen nach Paris begleitete, den Kerl.

«Sie kam mit ziemlich unanständigen Leuten zusammen», seufzte Gérard Sergent. «Denn der Kerl veranstaltete so eine Art Kino-Klub, nicht? An einem Abend in der Woche liefen da äh... schwedische Filme. Verstehen Sie? Deswegen. Sie traf Leute, die solche Filme verleihen. Sie fand das nicht schlimm, aber ich weiß, daß sie alle wie Hunde hinter ihr her waren. Die vom Film, müssen Sie wissen, das sind doch fast alles nur dreckige Ausländer.»

Er stockte, biß sich auf die Lippen und sah Haymann mit betretenem Gesicht an. Der Alte hatte mit keiner Wimper gezuckt. Er trank seinen Tee in einem Zug aus.

«Entschuldigen Sie», sagte Gérard Sergent. «Ich meinte nicht, daß einer, der kein richtiger Franzose ist, auch ein Schwein sein muß.»

«Verhaspeln Sie sich nicht dauernd, und erzählen Sie weiter », sagte Haymann sanft.

«Na ja, aber Sie verstehen doch, was ich sagen wollte?»

Haymann stand auf und lehnte seine Stirn an die Scheibe des Hoffensters. Dabei drehte er uns den Rücken zu. Gérard Sergent sah mich an, als würde er um mein Verständnis betteln.

«Wirklich ein guter Rat, den Ihnen der verdammte Jude da gegeben hat», sagte ich. «Fahren Sie fort.»

Der Kerl wurde dunkellila und konnte kaum seinen Tee austrinken, doch er beruhigte sich schnell wieder. Und erzählte weiter. Seine Schwester ließ sich schließlich in Paris nieder und frequentierte solche... solche Herren, die beim Film waren, und die Herren versprachen ihr eine glänzende Zukunft in dem Gewerbe, und sie begann, bei kleinen Filmen mitzumachen.

«Was für Filme?»

«Kleine», wiederholte er hartnäckig.

«Können Sie mir ein paar Titel nennen?»

Er fuchtelte verzweifelt mit seinen großen roten Händen herum.

«*Verbotene Zärtlichkeiten*», half ich nach. «Da hat sie mitgespielt, nicht?»

«Ja, ja, aber sie war ...»

«Rein, ich weiß.» (Ich zwang mich, ihm zuzulächeln, vielleicht hatte er auch so schon genug gelitten, und vielleicht konnte er ja nichts dafür, daß er saublöd war.) «Sie brauchen mir nichts zu erzählen», sagte ich. «Ich weiß, in was für welchen sie mitgespielt hat. Da ist nichts Schlimmes dabei. Eine Laufbahn fängt eben immer irgendwo an.»

«Ich war dagegen», mußte er unbedingt noch klarstellen. «Aber da sie doch rein blieb ...»

«Sogar dann noch. Sie wird doch ab und an eine kleine Liaison gehabt haben, deswegen braucht man ihr doch nicht böse zu sein, hm?»

Er biß die Zähne zusammen. Ich hörte, wie sie knirschten.

«Hatte sie nicht, da bin ich mir ganz sicher», meinte er. «Das hätte sie mir gesagt.»

«Sahen Sie sich oft?»

«Sie kam uns in Courville besuchen, und ich fuhr manchmal nach Paris. Sie machte uns Geschenke, Mama und mir. Sie hat uns nie fallenlassen. Wenn sie keine Zeit hatte, selbst was für uns zu kaufen, schickte sie uns Geld. Da sehen Sie mal, was für ein Mädchen das war.»

«Ein gutes Mädchen», seufzte ich.

«Besser, als Sie denken», sagte er und sah mir dabei in die Augen, und ich ertrug seinen Blick nicht, denn immerhin war sie gestorben, noch dazu auf eine gräßliche Art.

«Gut», meinte ich. «Was erwarten Sie von mir?»

Haymann nahm die Stirn vom Fenster und drehte sich wieder zu uns um.

«Gérard Sergent war bei der Polizei, und dort hat man ihn wie den letzten Dreck behandelt. Er hat wichtige Informationen, Informationen und Namen. Aber er denkt, wenn er sie der Polizei gibt, bringt das nichts, weil die Angelegenheit vertuscht werden wird.»

«Genau», bestätigte Gérard Sergent. «Denn, wissen Sie, die stecken doch alle unter einer Decke.»

«Wer?» fragte ich.

Er machte eine vage Geste.

«Die dreckigen Ausländer», sagte Haymann. «Unser junger Freund hier ist nämlich der Ansicht, daß Frankreich in der Hand von Juden und fremdländischem Gesindel ist, deshalb.»

«Soweit würde ich nicht gehen!» rief der Bruder.

«Daher», fuhr Haymann fort, ohne ihn weiter zu beachten, «habe ich ihm dringend geraten, sich an Sie zu wenden, weil Sie doch ein richtiger Franzose und ehemaliger Gendarm sind, der den Dienst quittiert hat, um sich ganz dem Kampf gegen den Abschaum zu widmen.»

Ich sah ihn mit großen Augen an, er war aber nicht mehr zu bremsen.

«Ich habe unseren Freund vorbeugend davon in Kenntnis gesetzt, daß Sie teuer sind, aber das spielt keine Rolle für ihn. Ihm ist völlig klar, daß das der Preis für die Unbestechlichkeit ist.»

«Und dann ist es doch wegen meiner Schwester», fügte Gérard Sergent hinzu. «Der Preis spielt keine Rolle, wenn es um meine Schwester geht. Rache für meine Schwester.»

Haymann hatte sich zwischen uns gestellt. Es war mir praktisch unmöglich einzugreifen.

«Ich habe ihm erklärt, daß Sie zum Pauschalhonorar arbeiten. Bei einer so himmelschreienden Angelegenheit wie dieser hier, meinte ich sagen zu können, daß Sie auf 3 500 Franc Vorschuß heruntergehen würden, und den Rest dann nach erfolgreichem Abschluß der Ermittlung erhalten.»

Er war vollkommen verrückt. Ich machte den Mund auf.

«Zuzüglich Spesen», sagte Haymann.

«Ich stelle Ihnen sofort einen Scheck aus», sagte Gérard Sergent.

Ich machte den Mund wieder zu.

«Wir gehen besser runter ins Büro», sagte Haymann. «Sergent stellt den Scheck aus und gibt uns dann die Namen und die Informationen.»

Der junge Mann stand auf. Er wirkte fast begeistert. Ich stand ebenfalls auf. Haymann kniff mich in den Arm. Ich blickte ihn an und zuckte mit den Schultern. Ich verabschiedete mich von Stanislavski, und dann gingen wir runter.

10

Haymann blieb noch, als Gérard Sergent gegangen war. Ich hatte einen Scheck über 3 500 Franc in der Tasche, und man erwartete von mir, den Bruder in einem Hotel im Quartier Latin anzurufen, falls ich Neuigkeiten hätte; ich fragte mich, welche Neuigkeit ich verdammt noch mal rauskriegen könnte, und wann.

Der Bruder hatte eine ganz einfache Theorie: Einer von den sechs oder sieben Schmutzfinken, die immer um seine Schwester rumtanzten, hatte sie bespringen wollen, sie hat das nicht zugelassen, da hatte er sie getötet.

«Das ergibt doch keinen Sinn», sagte ich laut.

«Natürlich nicht», sagte Haymann.

Er lehnte am Fenster und sah mich mit zusammengekniffenen Augen an, wie eine zufriedene Katze.

«Ein Halunke sind Sie schon», bemerkte ich.

«Warum, weil ich Ihnen geholfen habe, eine kleine Drecksau zu schröpfen?»

«Der ist ja noch ein Kind.»

«Es waren Kinder wie er, die sich unter Pétain freiwillig zur Miliz gemeldet haben. Sie sind zu jung, um sich daran zu erinnern. Ich erinnere mich noch sehr gut.»

So, wie er es sagte, begriff ich, daß es da eine Frage gab,

die ich ihm im Moment nicht stellen durfte, über ihn und die Miliz oder vielleicht über die Miliz und jemanden aus seiner Familie oder über einen Freund. Ich würde sie ihm später stellen. Oder vielleicht nie.

«Eins wundert mich jedoch», sagte Haymann, «er scheint gar nicht anzunehmen, daß Memphis Charles es getan hat.»

«Vielleicht weiß er gar nicht, daß es die gibt.»

Er sah mich irgendwie komisch an.

«Was haben Sie heute nachmittag bloß gemacht?», fragte er. «Haben Sie keine Zeitung gekauft?»

«Doch», sagte ich. «Da stand, daß es die Tat eines Einbrechers gewesen sein könnte.»

«Da hatten Sie aber nicht die letzte Ausgabe», bemerkte Haymann seelenruhig.

Er fuhr mit der Hand in seine Flanelljacke, zog aus der Innentasche eine vierfach gefaltete *France-Soir* und warf sie auf den Schreibtisch. Ich faltete die Zeitung auseinander. Diesmal war Memphis Charles auf der Titelseite.

Allerdings nur ihr Gesicht, und die verblichene Griselda war auf Seite 5 zurückgefallen, auch bei ihr hatte man sich auf das Gesicht beschränkt. *Ermordetes Starlett: Opfer ihrer Freundin?* lautete die Überschrift, und das Fragezeichen stand nur der Form halber noch da. Denn die Beweislage war geradezu erdrückend. Die Tatwaffe gehörte der Brünetten (sie hatte das verdammte Messer letzten Sommer auf Korsika gekauft und Coquelet hatte die Spur schon zurückverfolgt, der Kerl war flott, wenn er sich ins Zeug legte). Es waren ihre Fingerabdrücke drauf, nur ihre Fingerabdrücke. Und dann hatte man in einem Mülleimer ein Bündel blutverschmierter Kleidungsstücke gefunden, und selbstverständlich gehörten die ihr. Dazu kam noch, daß das Mädchen unauffindbar war. Das Urteil war so gut wie gesprochen.

«Sie machen aber ein Gesicht», sagte Haymann.

Ich wußte nicht, was ich antworten sollte.

«Und dabei schreiben die noch nicht mal was von dem Stoff.»

«Dem Stoff?» (Ich war zerstreut, ich versuchte nachzudenken.)

«Dem LSD in der Wohnung», sagte Haymann. «Und nichts von dem ganzen Dreckzeug im Blut der Toten. Glauben Sie mir, ich hab den ganzen Tag damit verbracht, um die Flics rumzuschwirren und die Informationen bröckchenweise zusammenzutragen. Einen hübschen Cocktail hatte die kleine Griselda da intus, dem Autopsiebericht nach zu urteilen. Keine harten Drogen, aber all die Schweinereien, die sie heutzutage für die Jugend erfinden. Amphetamine und so. Und Haschisch mit Erdbeerkonfitüre im Magen.»

«Hören Sie auf», sagte ich. «Ich sterbe vor Hunger. Verderben Sie mir jetzt nicht noch den Appetit.»

Ich gab ihm zu verstehen, daß ich seit dem Vortag nichts gegessen hatte. Er zeigte Anteilnahme.

«Gehen wir runter. Wir werden uns doch sicherlich irgendwo auf dem Boulevard ein Paar Frankfurter mit Fritten genehmigen können. Wir reden beim Essen weiter.»

Ich schüttelte den Kopf. Ich wollte erst noch nachdenken.

«Worüber denn, Herrgott noch mal?»

«Über das, was mir der junge Kerl erzählt hat», sagte ich. «Man müßte sich doch noch mal eingehender damit befassen.»

«Tarpon», meinte Haymann. «Sie machen mich krank. Sie wissen doch, wo Memphis Charles ist. Die brauchen Sie den Flics nur auf dem Silbertablett zu servieren, und dieses kleine Arschloch da schuldet Ihnen weitere 3 500 Mäuse. Warum zerbrechen Sie sich den Kopf. Sie hat ihre Freundin gekillt. Das ist doch offensichtlich.»

«Zu offensichtlich!»

Haymann nahm den Kopf in beide Hände, wie ein Komiker, und ging stöhnend mit großen Schritten im Büro auf und ab.

«Oje, oje, oje. Was soll denn diese filmreife Schnapsidee, verdammt noch mal! Wir sind doch hier nicht in Hollywood. Wenn alle Indizien zusammenpassen, heißt das nicht, daß der Senator einer abgekarterten Sache zum Opfer gefallen ist, sondern nur, daß alle Indizien zusammenpassen, das ist alles!»

Ich wußte nicht, was das mit dieser Senatorgeschichte sollte, ging aber nicht weiter darauf ein.

«Die Fingerabdrücke auf dem Messer», sagte ich, «das gefällt mir nicht. Mit Messern spielt doch jeder gern rum. Ein Laguiole sieht verdammt gut aus. Da ist es doch nicht normal, daß nur die Fingerabdrücke von der Kleinen drauf sind.»

Haymann hob die Arme zum Himmel und setzte sich in den Besuchersessel. Immerhin widersprach er nicht. Ich sah, daß er überlegte.

«Vielleicht lag es bei ihr in irgendeiner Schublade, wo niemand es sehen und anfassen konnte», sagte er schließlich.

«Hmja» sagte ich.

Und das meinte ich auch. Wenn ich gewußt hätte, wo sich die Kleine aufhielt, hätte ich sie in dem Moment vielleicht sogar den Bullen ausgeliefert. Vielleicht.

«Nun, was machen wir jetzt?», fragte Haymann genervt.

«Wir überlegen», seufzte ich. «Wir gehen die Namensliste von Gérard Sergent durch.»

Haymann machte eine Handbewegung, die besagte, daß ich ein Brett vor dem Kopf hatte, ein verdammt dickes Brett, er aber kurzzeitig auf die Auswüchse meiner Phantasie eingehen würde. Ich nahm den Zettel, auf dem ich mir während der Erzählung des Bruders Notizen und kleine Skizzen gemacht hatte.

«Seurat», las ich. «Ende dreißig. Regisseur der *Verbotenen Zärtlichkeiten.*»

Haymann schüttelte den Kopf und seufzte. Er gebärdete sich weiterhin sehr mürrisch und herablassend.

«Kenn ich nicht», schnaufte er. «Müßte meinen Kumpel bei *France-Presse* anrufen. Weiter?»

«Alexis Horowitz. Vierzig Jahre alt. Regisseur der beiden anderen Filme der kleinen Griselda.»

«Und auch von *Brautnacht des Vampirs* und *Orgien des KGB*, den muß man gesehen haben, den Film, meine ich, die blanke Sahne, ein Spionageporno ... Der dürfte noch zwei oder drei andere in der Art gemacht haben. Ist aber jedenfalls nicht der Typ, der jemanden umbringen würde.»

«Kennen Sie ihn?

«Nicht persönlich, aber ich habe von ihm gehört. Verklemmt ist der garantiert nicht, wenn Sie verstehen, was ich meine.»

Ich verstand nicht ganz, ließ es aber gelten.

Wir gingen die Liste weiter gemeinsam durch. Die Mehrzahl der aufgeführten Leute glaubte Haymann immerhin so gut zu kennen, um sie als harmlos einzustufen. Waren alles Ficker, vielleicht auch Gauner, aber Mörder sicher nicht. Wir kamen zum letzten Namen.

«Eddy Alfonsino.»

«Ein kleiner Ganove», meinte Haymann. «In zwei oder drei Sachen verwickelt. Wahrscheinlich auch ein Spitzel. Ein Zuhälter ist er sicherlich. Es würde mich nicht wundern, wenn er den Stoff und den ganzen Dreckskram geliefert hätte, aber er ist kein Killer.»

Immer die gleiche Leier. Ich stieß einen tiefen Seufzer aus.

«Das war's», sagte ich.

«Sehen Sie. Nicht ein wirklich Verdächtiger in dem ganzen Haufen. Die Mühe hätten wir uns sparen können.»

Ich schüttelte den Kopf.

«Drei behalte ich trotzdem mal im Auge, für den Anfang», sagte ich. «Zunächst mal Lyssenko und Vacher, die beiden Produzenten. Familienväter, sagen Sie. Gerade deshalb.»

Haymann brach in ein trauriges Gelächter aus. Seiner Meinung nach war ich für die Psychologie so begabt wie ein Pferd für die Schiffahrt.

«Oder wie ein ehemaliger Gendarm für das logische Denken», behauptete er.

«Und dann Alfonsino», sagte ich. «Ein kleiner Ganove, einverstanden. Ich würde ihm aber trotzdem gern mal auf den Zahn fühlen.»

«Sie müßten zunächst mal Ihren Scheck bei der Bank einlösen.»

«Die hat um diese Zeit nicht auf. Aber ich werde mir erst mal ein Festessen genehmigen. Ich lade Sie ein.»

Er schüttelte den Kopf.

«Wenn ich es mir genau überlege», sagte er, «danke, nein. Es ist besser, wenn ich weiter herumschnüffele, denn so wie Sie es anstellen, können Sie nicht allein damit fertig werden.»

Er quälte sich müde aus dem Sessel.

«Wodurch wurden Sie heute nachmittag eigentlich aufgehalten?»

«Sie würden mir nicht glauben, wenn ich Ihnen das erzähle.»

«Sie waren mit dem Käfer zusammen, oder? Mit Memphis Charles, meine ich.»

Ich sagte, daß mir das lieber gewesen wäre. Und dann notierte ich ihm auf einem Zettel die Kennzeichen des Mercedes und des Toronado.

«Sie könnten nachsehen, wem die entsprechenden Karren gehören», seufzte ich.

Haymann brummte was vor sich hin und steckte den Wisch ein. Er versprach noch, mich anzurufen und ging. Er schien nicht gerade bester Laune zu sein. Ich hatte ihm nicht mal für die 3 500 Mäuse gedankt, das heißt, für seine Vermittlung, durch die ich überhaupt erst an das Geld rangekommen war. Ich fragte mich, ob er eine Provision erwartete. Dann läutete bei dem Säufer unter mir eine Pendeluhr die achte Abendstunde ein, das riß mich aus meinen Überlegungen. Es wurde schon fast wieder dunkel. Ich ging mir ein Festessen genehmigen, wie ich gesagt hatte.

11

Als ich aus dem Haus kam, nahm ich ohne Erstaunen zur Kenntnis, daß Coccioli mich überwachte. Er saß mit einem Pflaster in der Visage in einem schwarzen Citroën DS und verschanzte sich hinter einer Ausgabe von *Pilote*. Ich war gerade im Begriff, zu ihm rüberzugehen und zu fragen, ob er mich ins Restaurant fahren würde. Wenn er mich schon beschattete, konnte man auch gleich von dem Wagen profitieren. Doch als ich einen Fuß auf die Straße setzen wollte, um sie zu überqueren, passierte auf der anderen Seite etwas Überraschendes.

Es liefen eine ganze Menge Leute rum, und heutzutage sieht man ja alle möglichen Übergeschnappten, aber ein Exzentriker, der einen Feuerlöscher auf einen Wagen richtete, an dem rein gar nichts brannte, begegnete mir dann doch zum ersten Mal.

Der Exzentriker war jung und bärtig, trug einen grünlichen Drillichanzug und einen schmalkrempigen Safarihut. Er näherte sich Cocciolis DS schnell von hinten, einen roten Feuerlöscher unter dem Arm, hob den Feuerlöscher hoch und nebelte das Auto ein, aber nicht etwa mit Kohlensäureschnee. Die Scheiben und die Karosserie des DS wurden naß. Der verdutzte Coccioli ließ seinen Comic fallen, und dann wirkte es fast so, als ob er das Zeugs um sich herum wegwischen wollte. Das Ganze dauerte vielleicht drei Sekunden. Ein zweiter Bärtiger, im Sakkoanzug, kam etwa fünf Schritte nach dem anderen und warf ein Geschoß unter den Wagen, das aussah wie eine Weißblechbüchse. Besagte Büchse zerplatzte mit einem kurzen, heftigen Knall. Im selben Augenblick entzündete sich die Gaswolke um den DS. Die Karre stand augenblicklich in Flammen. Nur eine Sekunde lang, in der nächsten war alles rot und gelb und tanzte brodelnd und bullernd in der Luft herum. Vor Verblüffung bekam ich den Mund nicht mehr zu.

«Steigen Sie in diesen 203, aber schnell», befahl mir eine Stimme.

Gleichzeitig stieß man mir einen harten Gegenstand in den Rücken, und ein alter graublauer Peugeot 203 stoppte neben mir, eine Tür sprang auf, ich wurde gestoßen.

Auf der anderen Straßenseite erlosch das Feuer so schnell, wie es aufgelodert war. Eine Garbe aus Rauch und kleinen Flämmchen schoß zwischen den Häusern in die Höhe. Der DS kam wieder zum Vorschein, qualmend, mit schwarzen Fenstern. Leute liefen wild durcheinander.

Ich hatte es verdammt satt, auf Spazierfahrten mitgenommen zu werden. Ohne über die Gefahr nachzudenken, drehte ich mich einfach nur um und schlug dem, dem die Stimme gehörte, aufs Handgelenk. Ein Araber in Jeans und abgewetztem Dufflecoat. Sein Revolver (Sechskantlauf; ein Webley oder so was in der Art) fiel auf den Gehweg.

«Machen Sie doch keinen Scheiß!» meinte der Araber und beugte sich törichterweise nach vorn, um seine Knarre aufzuheben. «Memphis Charles schickt uns.»

Ich trat ihm unters Kinn, er schwankte und stürzte der Länge nach auf den Gehsteig, alle viere von sich gestreckt. Dann schlug man mir mit einem Knüppel auf den Kopf. Ich wurde sehr wütend. Ich drehte mich zu dem Peugeot um, die Faust geballt und bereit, eine Nase einzuschlagen, und hielt inne, weil ein junges Mädchen vor mir stand. Sie nutzte das aus, um mir gleich noch eins draufzugeben mit ihrem Manufrance-Knüppel. Dieses Mal fühlte ich den Schlag bis in die Fersen.

«War's das, ja?» fragte ich und knallte der naiven Wilden eine. Über das Dach des 203 hinweg sah ich währenddessen, wie sich Coccioli aus seinem Wagen herauszwängte. Durch das Öffnen der Tür mußte es eine erneute Luftzufuhr, oder was weiß ich, gegeben haben, denn Flammen züngelten wieder auf, im Inneren und aus der Motorhaube. Coccioli patschte auf seinen Klamotten herum. Die Leute rannten weiterhin aufgeregt durcheinander. Die beiden bärtigen Brandstifter waren nicht mehr zu sehen.

Ich ließ mich auf die Knie fallen, da ich spürte, wie der Araber hinter mir wieder zum Angriff ansetzte. Er fiel wutschnaubend über mich her, und der Kolben seines Webley sauste in der Nähe meiner Nase durch die Luft. Ich rollte rücklings auf den Fußweg und wehrte ihn ab. Er drosch wie ein Amateur auf mich ein, und ich fürchte, daß ich auf dem Gebiet ebenfalls kein Profi war. Zudem waren meine Reflexe etwas verlangsamt durch die große Ungewißheit, die auf mir lastete. Und dann tänzelte das Mädchen auch noch um uns rum und haute blindlings drauflos. Der Araber steckte noch mehr Schläge ein als ich. Zum Glück waren die Manufrance-Stöcke nicht sehr gefährlich. Nur Gummi mit ein bißchen Blei drin.

Die Passanten scharten sich um das Knäuel, das wir bildeten, wagten aber nicht einzugreifen. In einem Moment, wo es kurzzeitig aufhörte, Schläge zu hageln, sah ich den Fleischer von der Ecke mit einem Hackbeil in der Hand im Laufschritt angesprungen kommen.

«Hört lieber auf», riet ich meinen Gegnern und bekam gleich noch einen Hieb ab.

«Du steigst in diese Karre!» schrie mich der Araber an.

Er hatte was leicht Hysterisches in seiner Stimme. Er war noch sehr jung und wirkte nicht wie ein Gauner. Er hielt wieder den Webley auf mich gerichtet. Der Lauf war ganz rostig. Wenn der Junge schoß, würde die Waffe wahrscheinlich explodieren. Er würde seine Hand verlieren, ich wäre blind und entstellt.

Ich zuckte also mächtig zusammen, als ich hörte, wie ein Schuß losging. Aber das war nicht der Webley. Als ich mich auf dem Fußweg rumwälzte, sah ich Coccioli endlich herbeieilen. Er feuerte noch einmal in die Luft, seinem Mund entfuhren unartikulierte Heullaute. Im Hintergrund brannte der DS in der hereinbrechenden Nacht munter vor sich hin.

«Achtung», sagte ich. «Das ist ein Schwachkopf. Der wird auf uns ballern.»

Als der auf uns zueilende Fleischer sah, daß Coccioli heulend angerannt kam und Luftlöcher schoß, änderte er seine Laufrichtung und stürzte sich mit seinem Hackbeil auf den Polizisten. Die beiden stießen genau in dem Moment zusammen, als mir das Mädchen noch eine Kopfnuß mit dem Knüppel versetzte. Ich sah das Mündungsfeuer in Cocciolis Hand, spürte, wie der Einschlag den Arm des Mädchens zur Seite riß, entsetzt blickte sie mich an.

«Oh! Uhh!» schrie sie und fiel auf mich.

Ich versuchte noch zu verhindern, daß ihr Kopf auf dem Boden aufschlug. Nun schlossen sich die aus dem Nichts aufgetauchten bärtigen Brandstifter dem Handgemenge an. Der eine hatte immer noch den verdammten roten Feuerlöscher und gab mir damit kräftig eins auf die Nasenwurzel.

«Hört auf, ihr seht doch, was ihr mit eurem Blödsinn angestellt habt!» stammelte ich zornig.

Zornig, aber schlaff. Ich war ganz schlaff. Ich spürte, wie man mich unterhakte und in den Peugeot warf. Mir rannen die Tränen runter, ich wußte nicht, warum. Ich fiel, ohne mich halten zu können, zwischen die Rückbank und die Vordersitze. Ich sah nur eine staubige Bodenmatte, während Leute auf mich traten, Türen knallten, Verrückte auf der Straße hupten. Der 203 fuhr quietschend an, in der gesamten Tonleiter eines abgenutzten Getriebes. Und dann noch ein Knall, aus einer Knarre oder einem Auspufftopf. Etwas klebrig Warmes tropfte auf mein Gesicht. Ich versuchte, den Kopf zu heben.

«Da blutet jemand», sagte ich. «Das Mädchen. Ihr mit eurem Blödsinn.»

Ich bekam noch eine mit dem Feuerlöscher verpaßt, dann stellte sich ein Fuß auf meine Wange und drückte meinen Kopf gegen die Bodenmatte. Das war eigentlich unhygienisch und gemein. Mir war das aber egal, ich nahm es nicht mehr so genau. Nach einer Weile ließ der Druck mit dem Fuß übrigens nach und mir wurde ein Kartoffelsack übergestülpt. Da war unten noch Ackererde drin. Ich versuchte zu niesen und mich daraus zu befreien, aber man drehte mir die Arme auf den Rücken, legte mir Handschellen an und verpaßte dann meinen Knöcheln auch noch welche.

«Das Mädchen blutet», beharrte ich aus meinem Sack heraus. «Legt ihr einen Druckverband an, Herrgott noch mal!»

Sie versetzten mir noch einen Schlag auf den Kopf. Das kleine Bewußtseinslicht, das mir geblieben war, verflüchtigte sich an das Ende eines langen Tunnels. Ich versuchte, es zu schnappen.

«Einen Verband» sagte ich wieder, und sie mußten erneut zugeschlagen haben, denn das kleine Licht kicherte spöttisch und verschwand.

12

«Ihr seid total schwachsinnig!» erklärte eine Stimme, die ich wiederzuerkennen glaubte.

Da war ich ganz ihrer Meinung. Ich öffnete die Augen. Ich lag auf einem Bett und hatte keinen Kartoffelsack mehr über dem Kopf, aber noch immer an Händen und Füßen Handschellen, die am Bettrahmen festgemacht sein mußten, denn ich konnte mich nicht bewegen, hingestreckt wie ein Kaninchen im Kühlregal der Metzgerei.

Es war Memphis Charles, die gerade gesprochen hatte. Wenn ich nicht so wütend gewesen wäre, hätte ich vielleicht zugegeben, daß ich mich freute, sie wiederzusehen. Sie war wirklich hübsch. Sie trug denselben Anzug wie... mein Gott!, erst gestern, nur etwas schmutziger vielleicht, und sah fix und fertig aus. Sie brüllte gerade mit dem Araber und einem der beiden Brandstifter herum, dem, der das Benzin mit seinem Riesenszerstäuber versprüht und mich auch niedergeschlagen hatte.

Ich hatte furchtbare Kopfschmerzen, noch schlimmer als bei einer Stirnhöhlenvereiterung, ich konnte überhaupt nicht denken. Ich ließ meinen Blick umherschweifen. Ein kleines, heruntergekommenes Schlafzimmer, alles ziemlich altmodisch. Die ockerfarbene Tapete mit rosa Streublümchen war voller Stockflecken und Fliegendreck und hob sich an den Rändern ab. Soweit ich sehen konnte: schmutziger rauher Dielenfußboden mit zertretenen Gipsbröckchen und Zigarettenkippen. Eine Tür mit einem angeschraubten Kleiderhaken und ein Fenster. Hinter dem Fenster war es dunkel. Eine gelbe Glühbirne beleuchtete das Zimmer, das Bett, einen Stuhl mit Korbsitz neben dem Bett und eine Second-Empire-Kommode, glaube ich, so eine, wo die Schubfächer laufend klemmen.

«Das Mädchen», murmelte ich mit schwerer Zunge. «Was habt Ihr mit dem verletzten Mädchen gemacht?»

Sie hörten sofort mit ihrer Brüllerei auf und sahen mich genervt an. Wenn ich sie nervte, hätten sie mich nicht herzuschaffen brauchen, fand ich.

«Sie wird durchkommen», sagte Memphis Charles.

«Einen Arzt», brummte ich.

«Wir haben einen.» (Der Araber mischte sich ein, er wirkte überlegen.) «Wir haben unseren Sanitätsdienst.»

«Wer ist wir?»

«Antworte nicht!» meinte sofort der Bärtige zum Araber.

Der zuckte mit den Schultern.

«Wir sind Antiimperialisten», schleuderte mir der Bärtige verächtlich entgegen. «Das können Sie nicht begreifen», ergänzte er noch.

Ich schloß die Augen. Vielleicht würde ich in meinem Zimmerchen aufwachen, und Mama würde mir meinen Kakao ans Bett bringen, weil ich sehr krank gewesen war, im Delirium Dinge gesehen hatte, die gar nicht da waren und so. Ich machte die Augen wieder auf. Ich sah dasselbe wie vorher, nur daß die drei Irrsinnsgestalten nähergekommen waren und nun um das Bett herum standen, Memphis Charles auf der einen Seite, der Bärtige und der Araber auf der anderen.

«Ich bin aber kein Imperialist», gab ich mit gesundem

Menschenverstand zu bedenken. «Warum habt Ihr mich gefesselt?»

«Ihr seht doch, daß der total blöd ist!» rief Memphis Charles.

Sollte ich ihr danken? Ich versuchte mit äußerster Kraft, eine Hand aus den Handschellen zu ziehen, doch ich tat mir nur weh. Währenddessen hatten die drei seltsamen Käuze über meinen Kopf hinweg wieder mit ihrem Gebrüll angefangen, und daraus ging hervor, daß man mich nach Meinung von Memphis Charles nie hätte herbringen dürfen.

«Selbst wenn er einfach nur manipuliert ist, gefährlich ist er trotzdem», gab der Bärtige zu bedenken.

«Das werde ich gleich» schrie ich. «Ich werde gefährlich, wenn ich nicht was zu essen kriege!»

Sie sahen mich an, als ob ich übergeschnappt wäre. Das konnten die natürlich nicht begreifen. Jedenfalls starb ich fast vor Hunger.

«Du bekommst was, wenn du redest», meinte der Bärtige.

«Worüber denn, Herrgott noch mal?»

«Spiel hier nicht den Blödmann», antwortete er. «Bei mir zieht das nicht. Stell dir vor, ich weiß, was du für einer bist, du Bulle.»

«Alle wissen es», seufzte ich.

«Ich rede hier nicht von Saint-Brieuc», sagte der Bärtige. «Ich rede von allem anderen.»

Er hatte ein bösartiges Gesicht. Er machte mir angst, weil man seine Dämlichkeit förmlich riechen konnte und weil er einen fiebrigen, fanatischen Blick hatte.

«Militärisch organisierte Überwachung von Industrieanlagen», fügte er hinzu.

Ich blinzelte mit den Augen.

«Hm?»

Er wiederholte es.

«Sagt dir das was?» kläffte er. «Der Name Foran sagt dir doch was?»

«Ich... Ja, zugegeben», meinte ich und riß die Augen auf.

«Schwuchtel!» schrie der Bärtige und ohrfeigte mich.

Ich knirschte mit den Zähnen. Der Araber packte seinen Kumpel am Arm, um ihn zu zügeln. Der Araber schien übrigens genauso verblüfft wie ich.

«Was soll denn das schon wieder?» flüsterte er dem Bärtigen ins Ohr.

«Dieser Kerl da», sagte der Bärtige und richtete seinen Zeigefinger auf mein rechtes Auge, «dieser Kerl war in der selben Gendarmerieeinheit wie Foran, der Nazi von der MÜVI. Das erklärt doch so einiges.»

«Das erklärt überhaupt nichts», erwiderte der Araber. «Du vergißt, daß Charlotte von sich aus zu ihm gegangen ist. Und nicht er zu ihr.»

«Er hat doch aber erst abgelehnt, ihr zu helfen, und dann wurde er am Tatort gesehen. Der hat zwischendurch Befehle erhalten,was meinst du denn!»

Ich wäre gern aufgeklärt worden. In diesem Augenblick flog die Tür auf, und der zweite Bärtige stürmte rein. Er hielt eine Maschinenpistole in der Hand.

«Da kommt ein Auto den Weg lang. Ohne Licht!»

Er machte ausladende Handbewegungen, um seinen Worten mehr Gewicht zu verleihen. Ich schloß ängstlich die Augen, denn schon im nächsten Augenblick würde es vier oder fünf Schwerverletzte geben, wenn der weiter so mit seinem Ballermann herumfuchtelte.

«Wir schaffen den Kerl weg», schrie der erste Bärtige und stürzte sich auf mich.

«Dazu haben wir keine Zeit», entschied der zweite Bärtige.

«Ich geb hier die Befehle!» erklärte der Araber, sah aber irgendwie nicht danach aus.

Unterdessen hatte der erste Bärtige einen Schlüssel rausgeholt und ein Paar Handschellen aufgemacht, die um meine Hände. Ich versuchte, mich abzustützen und aufzusetzen, aber meine Handgelenke drehten sich unter mir weg, und ich fiel wieder um. Ich spürte meine Gliedmaßen überhaupt nicht mehr.

Der zweite Bärtige stampfte auf das Fenster zu und sah nach unten in die pechschwarze Nacht.

«Sie haben angehalten!» zischte er. «Sie steigen aus! Sie kommen!»

Der erste Bärtige nahm die Handschellen von meinen Füßen ab und stellte mich auf die Beine, indem er mich an meiner Krawatte hochzog. Ich fiel sofort auf die Dielen.

«Ihr habt die Handschellen zu fest zugemacht», sagte ich. «Ich kann nicht laufen.»

«Laßt uns abhauen!» schrie der zweite Bärtige. «Sie sind im Garten. Jetzt seh ich sie nicht mehr ... Oh, Scheiße!»

Der erste Bärtige blickte mich voller Haß an.

«Sie brauchen mich nur zu tragen», legte ich ihm nahe. «Ich wiege nur sechsundsiebzig Kilo.»

«Ach was, Scheiße, ich hau ab», verkündete der erste Bärtige und stürzte aus dem Zimmer.

«Verräter! Dreckskerl!» schrie der zweite Bärtige und rannte dem ersten nach.

Man hörte, wie sie eine Treppe runterhasteten. Der Araber sah mich unschlüssig an. Dämlich schien der ja nicht zu sein, sehr nett aber auch nicht.

«Monsieur Tarpon», sagte er, «wenn ich mit Sicherheit wüßte, was mein Genosse vermutet..., dann würde ich Sie auf der Stelle umlegen.»

«Ich weiß nicht, was er vermutet», seufzte ich. «Ich hab nichts von dem verstanden, was er gesagt hat.»

In der unteren Etage zersplitterte Glas, was der Entschlußkraft des Arabers ungemein förderlich war: er flitzte zur Tür.

«Wir sprechen uns vielleicht noch», rief er und verschwand.

Ich sah Memphis Charles an, die sich auf das Bett gesetzt hatte. Sie war blaß. Sie wirkte zusehends abgespannter. Und auch vollkommen deprimiert.

«Sie laufen nicht mit denen weg?»

«Schnauze voll», seufzte sie.

Ganz allmählich fühlte ich meine Arme und Beine wieder und setzte mich schmerzverkrümmt auf.

«Was haben Sie?»

«Das sticht», erklärte ich mit zusammengebissenen Zähnen.

Ich massierte mir ungeschickt die Knöchel. Der Schmerz wurde erst schlimmer, ließ dann aber schlagartig nach. Dabei lauschte ich gespannt auf die Geräusche unten. Ich hörte eine Tür knallen, zweimal hintereinander. Dann kam jemand die Treppe rauf, äußerst behutsam. Hätten die Stufen nicht geknarrt, so hätte ich das gar nicht bemerkt.

«Das sind nicht die Flics», murmelte ich und sah die Kleine an.

Sie wurde bleich und stand auf, doch noch ehe sie irgendwas machen konnte, kam der Typ ins Zimmer gehechtet und ließ sich vor der Wand auf den Rücken fallen. Eine bemerkenswerte Kapriole. Er sicherte mit seiner Ruger das gesamte Zimmer. Diese Automatikwaffe hatte ich schon mal gesehen, und den guten Mann auch. In einem Toronado. In einem Puff. Im Wald von Verrières.

«Hello», sagte er.

Was sollte ich denn darauf noch antworten?

13

Er stand langsam auf. Die Sonnenbrille trug er nicht mehr, begreiflicherweise, es war ja auch schon weit nach Mitternacht. Seinen Arm hatte er fast kerzengerade nach vorn gestreckt, und sein Handgelenk vollführte eine leichte gleichmäßige Bewegung, so daß der Lauf der Ruger Kreise in der Luft beschrieb. Das war meines Erachtens kein Zeichen von Nervosität. Der Kerl wirkte in etwa so nervös wie ein Liter Milch.

«Sie rühren sich nicht», sagte er.

Ich konnte das ja sowieso noch nicht, merkte aber, daß Memphis Charles zum Sprung ansetzen wollte, man sah, wie sich ihre Muskeln unter der Lederjacke anspannten.

«Tun Sie, was er sagt, mein Kind», riet ich ihr.

Opa Ruger musterte die Kleine mit zusammengekniffenen Augen.

«Wer ist das?» fragte er. «Charlotte Schultz, oder nicht?»

Ich brauchte einen Augenblick, bis mir wieder einfiel, daß das ja der richtige Name der Kleinen war. Ich nickte.

«Wir warten», befahl der Killer.

Wir warteten. Inzwischen gelang es mir, Arme und Beine wieder koordiniert zu bewegen.

«Worauf warten wir denn?» fragte ich.

Er antwortete nicht. Ich hätte ihn gern entwaffnet. In Krimis läßt sich so ein Berufskiller immer ganz leicht entwaffnen. Man zieht am Teppich, und er fällt dumm um, oder man haut ihm die Nachttischlampe in die Fresse, oder aber man wirft heimlich eine Nachfüllpatrone für ein Gasfeuerzeug in den Kamin, die kurz darauf explodiert, und man überwältigt den Bösewicht bei der Explosion. Klar. Aber in diesem verdammten Zimmer gab es weder Teppich, Nachttischlampe noch Kamin (eine Nachfüllpatrone für ein Gasfeuerzeug auch nicht), nur die Möbel und die vier Wände. Ich rutschte auf meinem Hintern unmerklich in Richtung Stuhl. Opa Ruger schnalzte vorwurfsvoll.

«Sie bleiben da, wo Sie sind.»

Ich ließ es sein. Ich könnte vielleicht einen Schuh ausziehen und in die Glühbirne schmeißen. Aber ich trage Schuhe mit Schnürsenkeln, ich bin doch kein Hippie. Als ich anfing, heimlich einen Knoten aufzumachen, schnalzte Opa Ruger wieder.

«Tarpon, hören Sie auf mit Ihrem Scheiß.»

Ich hörte auf.

In diesem Moment kam der Mitspieler des Kerls ins Zimmer, aber auf weitaus normalere Weise als sein Kumpel. Er hatte die Maschinenpistole des Bärtigen Nr. 2 unterm Arm und in der Hand eine Mauser HSc, ich habe sie erkannt, weil das eine allerliebste und schnelle Waffe ist, die ins Auge sticht. Große Löcher macht sie auch.

Die beiden Kerle fingen lebhaft in ihrer Sprache zu reden an, gar nicht so gelassen, wie man es von zwei Killern erwartet hätte.

«Verstehen Sie vielleicht zufällig, was die sagen?» fragte ich die Kleine nicht gerade hoffnungsvoll.

Sie nickte. Sie wirkte niedergeschmettert.

«Sie haben meine... meine Kumpel erwischt. An der Hintertür. Sie haben sie unten eingeschlossen.»

«Lebend?» fragte ich.

So, wie die Dinge lagen, war ich auf alles gefaßt.

«Im Moment anscheinend noch, ja.»

«Was sprechen die, Englisch?»

«Amerikanisch. Und ein ziemlich schmutziges. Sind Sie nun zufrieden?»

«Ich erkundige mich ja nur, das ist alles.»

Der Mann mit der Mauser legte die Maschinenpistole ab und lehnte sich an die Wand, um uns mit seiner Pistole in Schach zu halten. Damit er nicht in die Schußlinie seines Freundes geriet, glitt Opa Ruger, immer an der Wand entlang, zu uns.

«Sie rühren sich nicht», sagte er. «Ich durchsuche Sie.»

Er tat, was er gesagt hatte. Er nahm mir wieder meine Schlüssel, meine Uhr und meinen Kugelschreiber weg und Memphis Charles knöpfte er Kosmetiksachen vom Typ Nagelfeile sowie ihre Ausweistasche ab.

«Sie rühren sich nicht», sagte er wieder (vielleicht zum vierten oder fünften Mal).

Er und sein Komplize gingen dann rückwärts aus dem Zimmer und machten die Tür zu. Ich hörte, wie sich der Schlüssel im Schloß drehte. Memphis Charles und ich blieben noch kurz reglos sitzen, um zu hören, ob sie die Treppe runtergingen, dann stürzte die Kleine zum Fenster und riß es auf.

«Lassen Sie mich das machen», rief ich und stand unbeholfen auf.

Sie blieb reglos stehen, aber nicht wegen mir. Sie schloß das Fenster wieder.

«Unten ist noch einer», meinte sie.

Ich ging hin und blickte durch die Scheibe. Undeutlich nahm ich eine Gestalt wahr, die vor der Außentreppe rauchte. Der Fahrer des Toronado, vermutete ich. Er stand zu weit weg, man konnte ihm nicht mit beiden Füßen auf den Kopf springen.

Ich besah mir die Umgebung, um mir einen ersten Überblick zu verschaffen. Wir befanden uns in einer gottverlassenen Gegend, im Obergeschoß eines alleinstehenden Hauses. Dank der Zimmerbeleuchtung konnte ich unten gerade noch eine Art verwilderten Garten erkennen. Aber ansonsten herrschte vollkommene Finsternis, bis auf ein oder zwei Lichter in gut ein bis zwei Kilometern Entfernung. Für einen Moment erhellten Scheinwerfer den Horizont, die Kuppe eines Hügels in fünf oder sechs Kilometern Luftlinie.

«Wo sind wir hier eigentlich?» fragte ich.

«Im Val d'Oise. Bei Magny-en-Vexin.»

Ich drehte mich zu der Kleinen um.

«Sie wollten mich sprechen?»

«Hm?»

Das klang verblüfft, aber nicht nach einem Nein.

«Sie müssen eine Linksradikale sein», sagte ich. «Oder vielleicht war Griselda Zapata eine, aber ich glaube eher, Sie. Gut. Jemand bringt Griselda um. Sie bitten mich um Hilfe, und ich lehne ab. Gut. Sie suchen woanders Hilfe. Bei irgendwelchen Freunden. Gut.»

«Sagen Sie nicht immer ‹Gut!›«, brüllte die Kleine.

«Okay. Sie sind also von Freunden versteckt worden. Und ganz plötzlich sollen die mich holen. Weil Sie mir was zu sagen haben.»

«Grrhh ...» machte die Kleine und schüttelte aufgeregt den Kopf, aber nicht verneinend, und ihre Haare wippten dabei hin und her.

«Ich möchte noch hinzufügen», fügte ich hinzu, «daß Ihre Freunde total hirnrissig sind. Die hätten wirklich nicht diese saudumme Kommandoaktion starten müssen, um mich herzuholen. Sind Sie sicher, daß das verletzte Mädchen durchkommen wird?»

Memphis Charles hatte sich beruhigt und lehnte sich an die Wand. Sie hatte dunkle Ringe unter den Augen. Sie nickte etwas unsicher.

«Ich ... Ich glaube» meinte sie schließlich. «Ich habe sie nicht gesehen ..., die Verletzte, sie haben sie nicht hergebracht, aber es war ein glatter Durchschuß, haben sie mir erzählt, die Kugel ist nur durch das Hüftgewebe gedrungen, der Knochen ist nicht verletzt. Sie sind imstande ... Na ja, sie sind jedenfalls gut genug organisiert, um so was richtig behandeln zu lassen.»

«Trotzdem ein ganz schöner Schlamassel, das Ganze», meinte ich.

Ich sah, daß meine Hände zitterten. Vor Wut oder vor Hunger.

«Sie sind der Schlamassel!» schrie die Kleine. «Wenn Sie mir gleich geholfen hätten, säßen wir jetzt nicht hier.»

Ich fragte mich, wo wir dann säßen. Alle beide im Knast wahrscheinlich. Ich seufzte. Wozu noch diskutieren? Ich setzte mich auf die Bettkante.

«Was meinten die eigentlich mit Manipulation?» fragte ich. «Was hat denn der Ex-Gendarm Foran mit der Sache hier zu tun?»

«Nichts, nichts.»

«Nichts?» rief ich.

«Hätten Sie 'ne Zigarette?» fragte die Kleine.

«Nein.»

«Sie nerven.»

Das war der Gipfel. Ich erwiderte nichts darauf, die Kleine verkniff sich notgedrungen das Rauchen und redete trotzdem weiter.

«Wissen Sie, ich konnte hier nicht tun, was ich wollte. Ich war quasi eine Gefangene. Die drei Kerle und auch das Mädchen, das Sie gesehen haben und das verletzt wurde, das waren Kumpels von mir, sicher, aber ich hab sie nicht richtig gut gekannt.»

«Sie sind aber trotzdem bei denen untergetaucht.»

«Ich hab mich ja auch an Sie gewandt und kannte Sie praktisch gar nicht!»

Zugegeben, dachte ich und brummte etwas vor mich hin.

«Erzählen Sie weiter.»

«Die Typen waren die einzigen, die ich kannte, die mehr oder weniger Erfahrung mit dem Untertauchen hatten. Die sind extrem links, nicht wahr?»

Fakt war, daß deren linkisches Benehmen jedes erträgliche Maß überschritt. Aber darüber wollte ich nicht diskutieren. Es war alles schon kompliziert genug.

«Ich verstehe», sagte ich. «Die Molotow-Cocktails in Ihrem Keller gehörten denen?»

«Das war nur eine Gefälligkeit.»

Entwaffnend, diese Kleine. Wenn ich so sagen darf.

«Um es kurz zu machen», fuhr sie fort, «ich bin von Ihnen aus direkt zu diesen Typen gegangen. Allerdings mußte ich denen was dazuerzählen, damit sie mir helfen. Die Einzelheiten lasse ich jetzt mal weg.»

«Nein», sagte ich. «Die Einzelheiten lassen Sie jetzt mal nicht weg. Sie mußten also was dazuerzählen. Was genau?»

Sie schüttelte wieder nervös den Kopf und wippte mit den Haaren.

«Na ja ... Ich hab ihnen zu verstehen gegeben, daß man es vielleicht auf mich statt auf Griselda abgesehen hatte, daß sie nur irrtümlich getötet worden war, und daß da vielleicht was Politisches dahintersteckte. Gucken Sie mich nicht so an!»

«Wie guck ich Sie denn an?»

«So wie mein Vater, wenn er meinte, ich hätte Mist gebaut.»

«Ich bin nicht Ihr Vater.»

«Aber Sie meinen, daß ich Mist gebaut habe.»

«Sie etwa nicht?»

Sie ging mit großen Schritten im Zimmer auf und ab, ohne mich anzublicken. Sie fragte mich wieder, ob ich eine

Zigarette hätte, und ich antwortete ihr, ich hätte immer noch keine.

«Ich konnte das doch nicht vorhersehen», sagte sie. «Die veranstalten vielleicht ein Theater, diskutieren nächtelang über Terrorismus, trauen sich nicht, das Telefon zu benutzen, weil sie davon überzeugt sind, daß in Frankreich und Navarra alle Telefone angezapft sind. Die Typen haben sich aus dem, was ich ihnen erzählt hab, einen richtigen Roman zusammengesponnen.»

Sie drehte sich wieder zu mir und machte diese merkwürdige Bewegung, die mir am Abend zuvor schon an ihr aufgefallen war, ein ganz eigenartiges Nicken von unten nach oben. Vielleicht war es einfach nur, um ihre Haare nach hinten zu werfen, aber es sah so aus, als ob sie ertrinken würde und versuchte, den Kopf über Wasser zu halten.

«Stimmt es, daß Sie in derselben Gendarmerieeinheit waren wie Charles Foran?» fragte sie.

«Ja. Warum?»

«Wissen Sie, daß der Typ Unternehmermilizen aufstellt?»

«Hab ich erfahren», sagte ich.

Ich sagte nicht, daß ich es am Tag zuvor erfahren hatte, von Foran selbst. Sie wäre an die Decke gegangen.

«Und so was reicht schon, damit mich Ihre lieben Kameraden für einen Spitzel halten? Warum nicht gleich für einen israelischen Geheimagenten, wo wir schon dabei sind?»

«Oh!» murmelte Memphis Charles. «Daran gedacht haben die ...»

Sie kam zu mir und setzte sich neben mich auf das Bett.

«Ich will mich den Flics stellen», sagte sie müde. «Ich wollte ... Schon nach zwei Stunden hier hatte ich begriffen, daß das aufhören muß, die sollten mit ihrem Theater aufhören, ich wollte mich den Flics stellen. Aber das hätten meine ... meine Kumpel nie zugelassen. Weil ich den Unterschlupf hier kannte, weil sie davon überzeugt waren, daß ich mittendrin steckte in einer dunklen politischen Attentatsgeschichte, weil ich es ihnen ja so erzählt hatte. Ach, Scheiße, war ich blöd.»

«Machen Sie sich deswegen nicht fertig», sagte ich beiläufig. «Das bringt nichts. Ich kapiere aber immer noch nicht, warum man mich von der Straße weggeschnappt hat.»

«Ich wollte, daß Sie kommen. Zu zweit, dachte ich, kämen wir hier raus.»

«Das ist aber nett von Ihnen, mich so reinzureiten. Sie haben es also nicht fertiggebracht, allein loszulaufen. Wem, glauben Sie, können Sie das auftischen?»

«Verdammte Scheiße!» rief sie. «Ihnen muß man alles dreimal erklären! Die Typen leben in ihrer Traumwelt. Die waren sicher, daß ich abgeknallt werde, wenn ich mich den Flics stelle. Die wollten mich schützen, auch gegen meinen Willen.»

Ich schüttelte den Kopf, um wieder halbwegs klar denken zu können. In einer Traumwelt leben, ich weiß nicht, ob das auf den Entzug von Nahrung oder auf den Entzug von Schlaf zurückzuführen war, aber das wurde allmählich zu meiner Hauptbeschäftigung. Und die Wirklichkeit machte das Ganze nicht besser. Natürlich ergab die Geschichte von Memphis Charles keinen Sinn; doch was ergab heutzutage überhaupt einen Sinn? Zwanzigjährige Kinder griffen Kommissariate mit Benzinflaschen an, und ich, ich hatte mit einer Granate mitten ins Gesicht einen Bengel getötet, der Pflastersteine warf. Die Welt ist verrückt. Ich hätte mich zu Mama nach Hause verdrücken sollen, wie ich es vorgehabt hatte.

«Warum sind denn Ihre Freunde nicht einfach zu mir gekommen?» stöhnte ich.

«Da drückte sich ein Flic unten vor Ihrem Haus rum. Die waren gezwungen, ihn auszuschalten.»

«Gezwungen!» wiederholte ich.

«Jedenfalls haben sie am Ende doch recht behalten, auch wenn sie am Anfang bescheuert waren», sagte Memphis Charles. «Das ist wie bei der Magie», fügte sie geheimnisvoll hinzu. «Zu guter Letzt klappt es immer. Man tanzt, damit Regen kommt, und früher oder später kommt der Regen.»

«Der Regen?» wiederholte ich. (Ich fühlte mich total verloren.)

«Die Typen, die uns gerade überfallen haben», sagte Memphis Charles, «das sind israelische Agenten. Das ist doch ganz offensichtlich.»

14

Als Opa Ruger die Tür wieder aufmachte, war ich noch nicht wieder voll da. Schwachsinn ist ansteckend. Ich zimmerte mir unentwegt Gedankengerüste zurecht: War Haymann ein israelischer Agent? Sollte an dem Abend letztlich nicht doch Memphis Charles umgelegt werden? Diese Gedankengerüste kollidierten aber ständig miteinander, brachen in sich zusammen, und ich baute sie jedesmal wieder neu auf. Zudem träumte ich von einem Steak mit Fritten. Und das vermengte sich mit dem Konstrukt. Die Sauce béarnaise lief über das Gesicht der Palästinenser. In meinem Kopf, versteht sich. In meinem Kopf.

«Sie kommen mit», verkündete Opa Ruger.

Ich fragte, wohin. Er schüttelte lächelnd den Kopf.

«Noch ein Treffen mit dem Heuler?» meinte ich.

Er zuckte mit den Schultern. Ich nahm Memphis Charles am Arm. Es war schön, sie zu berühren. Sie zitterte nervös.

«Die werden uns im Garten verscharren», dachte sie laut.

«Seien Sie still», sagte ich. «Sonst kann ich nicht überlegen.»

Die Automatikwaffe von Opa Ruger schwenkte in unserer Richtung mit, als wir gingen. Sein Kumpel, der Mann mit der Mauser, erwartete uns auf dem Treppenabsatz.

Wenn ich wirklich gedacht hätte, daß die uns killen wollten, hätte ich in diesem Moment was Verrücktes gemacht. Aber so verrückt war ich dann doch noch nicht. Ich ging diszipliniert die Treppe runter und hielt die Kleine weiter am Arm. Die mit den Knarren gingen hinter uns.

Die Treppe führte zu einem kurzen Flur. An einem Ende eine dunkle Tür (Hintertür, dachte ich); am anderen Ende die Eingangstür mit Milchglasscheiben. Im Flur seitlich zwei geschlossene Türen. Wir wurden zum Eingang gestoßen, und ich weiß nicht, was passiert wäre, wenn ich den Dingen ihren Lauf gelassen hätte. Ich weiß nur, daß ich in dieser Art Diele plötzlich einen tierischen Schmerzensschrei hörte, wie von einem schlecht geschlachteten Kaninchen. Der kam aus einer der geschlossenen Türen, als wir gerade daran vorbeigingen. Ich überlegte nicht. Ich machte die Tür auf.

Das Zimmer hatte keine Fenster. Es wurde von einer vergitterten Glühlampe unter der Decke beleuchtet. Eine Werkstatt mit vielen Rohrleitungen. Die beiden Bärtigen waren an die Rohre gefesselt und weiß wie Schnee. Der Araber war auf die Werkbank gebunden, und eine Hand klemmte in einem Schraubstock, er wimmerte wie ein halbtotes Kaninchen. Seine Finger waren schwärzlichrot.

Ich hatte Memphis Charles kurz losgelassen. Ich drehte mich im Türrahmen wieder um. Opa Ruger hatte die Kleine gepackt, drückte sie an sich, um sie bewegungsunfähig zu machen und wich zurück. Sein Partner war gerade dabei, die hübsche Mauser aus der Tasche zu ziehen. Ich stand halb in der Werkstatt, und in meinem Blickfeld entdeckte ich rechts von mir einen Werkzeughalter an der Wand. Mir war nicht bewußt, was ich tat, denn mein Arm arbeitete schneller als mein Hirn. Ich sah nur, daß meine Hand einen Hammer umklammerte und damit auf das Handgelenk des Mannes mit der Mauser schlug.

Ich brach ihm den Unterarm. Er stieß eine Art Fauchen

aus, einen hinter zusammengebissenen Zähnen zurückgehaltenen Schrei aus Wut und Schmerz, ich ging noch mal auf ihn los, mit meinem ganzen Gewicht, den Hammer wie einen Rammbock vor mich haltend. Er fiel auf den Rücken, sein Kopf dröhnte auf den Fliesen. Die Mauser fiel zu Boden.

Im selben Augenblick versuchte Opa Ruger, seine Waffe auf mich zu richten, doch Memphis Charles hing an seinem Arm und zerkratzte und zerbiß seine Hand wie ein wildes Tier. Gleichzeitig brüllte sie ihm Obszönitäten zu, die ich noch nie aus dem Mund eines jungen Mädchens vernommen hatte, obwohl ich aus meinem Viertel ja einiges gewohnt war. Der Killer fluchte ebenfalls und versetzte der Kleinen einen Fausthieb auf den Kopf. Da schlug ich mit meinem Hammer auf ihn ein, und er brach zusammen. In der Werkstatt schrien die beiden Bärtigen um Hilfe. Zum Glück war das Haus abgelegen.

Ich packte Memphis Charles, die durch den Schlag verwirrt war und mir die Hand zerkratzte, und zerrte sie in die Werkstatt. Im Vorbeigehen versetzte ich dem Mann mit der Mauser, der sich wieder aufrichten wollte, noch einen Hammerschlag in die Fresse, und da dann auch noch die Eingangstür aufging, warf ich den Hammer in die Milchglasscheiben und hob die Mauser auf. Hinter dem herunterpurzelnden Glas sah ich den Fahrer des Toronado verdutzt mit einem Colt in der Hand dastehen.

«Keine Bewegung oder ich schieße», schrie ich wie ein Idiot, und daraufhin feuerte er auf mich.

Der hatte keine .22er. Es knallte so grauenvoll, daß ich die Augen schloß und blindlings auf den Abzug der Mauser drückte. Ich machte die Augen wieder auf, und der Fahrer des Toronado war verschwunden. Ich befand mich im Türrahmen der Werkstatt, mit einem Knie am Boden. Ich erinnerte mich nicht, mich hingekniet zu haben. Ansonsten schien noch alles an mir dran zu sein.

Ich blickte kurz über meine Schulter. Opa Ruger war nicht mehr da, wo ich ihn liegengelassen hatte. Er mußte sich gerade wieder aufgerichtet haben, als der Fahrer geschossen hatte. Sein Kopf hatte die Kugel des Colts abbekommen, und die Wucht des Geschosses hatte den Körper sozusagen zwei oder drei Meter nach hinten gerissen. Der Mann lag an der Treppe, mit dem Kopf oder dem, was davon noch übrig war, auf der ersten Stufe. Ich fragte mich, ob er zu seinen Lebzeiten wohl so schlecht gefahren war, wie der Fahrer geschossen hatte.

«W... w... was ist denn pa... pa... passiert?» fragte Memphis Charles.

Sie klapperte mit den Zähnen. Sie saß zusammengekauert an der Werkstattwand, hatte die Knie zum Kinn gezogen und hielt sich die Ohren zu. In der Diele stank es nach Kordit.

«Psst», machte ich und warf einen prüfenden Blick auf die Eingangstür.

Im unteren Teil aus Holz, genau in der Mitte, sah ich das Einschlagloch meines Geschosses. Ein .32 ACP soll eine Tür ohne weiteres durchschlagen können. Ich hatte plötzlich einen schlechten Geschmack im Mund, einen schlechten Geschmack, den ich kannte, und ich ging das Risiko ein, bis zur Tür zu robben und zog sie mit einem Finger zu mir, auf einen erneuten Austausch von Nettigkeiten gefaßt.

Es gab keinen weiteren Austausch. Dazu bestand kein Anlaß mehr. Vor dem Eingang lag der Fahrer auf dem Rücken, mit einem tellergroßen schwarzen Fleck auf der Brust, der zusehends größer wurde. Das Flurlicht spiegelte sich in den offenen Augen des Mannes. Ich hatte schon wieder jemanden getötet und wußte abermals nicht, warum. Ich glaubte, mir würde schlecht. Ich führte meine rechte Hand zum Mund und biß mir auf die Fingerknochen. Mich überkam mehrmals ein Brechreiz, doch er ließ nach, bevor es mir hochkam.

Ich stand sehr müde wieder auf, mein Arm mit der Mauser hing schlaff runter. Ich ging in die Werkstatt zurück. Ich wollte mich vor allem um den Araber kümmern, aber Memphis Charles hatte den Schraubstock schon aufgedreht und seine Hand befreit. Sonst hatte sie nichts weiter getan. Die beiden Bärtigen, die an den Rohren hingen wie an ein Scheunentor genagelte Eulen, brüllten wie Esel.

«Bind uns los! Wirst du uns losbinden, du Schlampe?»

«Soll ich sie losbinden?» fragte mich die Kleine.

Ich zögerte. Ich betrachtete mir den Araber, der noch an die Werkbank gefesselt war, er hatte die verletzte Hand vor sich liegen und pustete darauf. Drei Finger waren gebrochen. Das mußte ziemlich weh tun.

«Warum haben die das mit Ihnen gemacht?» fragte ich.

«Die wollten wissen, wer wir sind, und was wir mit Ihnen und Memphis zu tun haben. Und mit Griselda Zapata.»

«Und Sie haben es ihnen gesagt?»

Er zog verächtlich seinen Naseninhalt hoch und deutete mit dem Kinn auf die beiden Bärtigen.

«Die da haben geredet. Ohne daß man sie überhaupt angefaßt hat.»

Ich seufzte.

«Ich würde Ihnen gern in aller Ruhe erklären, daß die ganze Scheiße hier nichts mit Palästina zu tun hat ...»

«Ist schon klar», fiel mir der Araber ins Wort. «So wie die gefragt haben. Und dann die Fragen selbst. Ist schon klar.»

«Aha», sagte ich. «Gut. Ihren 203 haben Sie hier?»

«In der Garage. Unterm Haus.»

«Es eilt, auch wegen Ihrer Hand. Sie brauchen einen Doktor. Ich werde euch losbinden. Ihr nehmt dann eure Karre und verzieht euch. Ich will nicht wissen, wohin. Ich will nichts mehr von euch hören. Sind wir uns da einig?»

«Ja.»

«Wurde aber auch Zeit», brummte ich und band sie los.

Sie sahen uns feindselig an, meine Mauser und mich, machten aber keine Scherereien und fuhren in ihrem Peugeot weg.

Ich ging ins Haus zurück. Memphis Charles hatte den noch lebenden Amerikaner in die Werkstatt geschleift und fesselte ihn gerade an die Rohrleitung. Der eine kommt, der andere geht, wie der Dichter sagt. Ich schnürte einige Knoten neu, die sie nicht fest genug gemacht hatte, dann filzte ich den Typen, der langsam wieder zu sich kam. Er hatte nicht viel bei sich. Hauptsächlich Kreditkarten auf den Namen Louis Caruso, und einen amerikanischen Paß auf den gleichen Namen. Wohnhaft in einem Nest in New Jersey.

Er sah mich schweigend an, während ich ihn filzte. Dann verließ ich die Werkstatt und durchsuchte die zwei Leichen. Als erstes fand ich ein Paar Handschuhe in der Tasche des Fahrers, ich zog mir die Dinger gleich drüber, um beim Durchsuchen nicht allzu viele Fingerabdrücke zu hinterlassen. Einer ordentlichen Ermittlung würde das auch nicht standhalten, aber wer konnte sich heutzutage schon eine ordentliche Ermittlung leisten?

Der Fahrer hieß Patrick Ford und der Mann mit der Ruger Edward Carbone. Haargenau so wie bei dem, der noch lebte: Ausweis, Kreditkarten, wohnhaft in New Jersey, im selben Nest. Ein paar französische Mäuse, die ich mir krallte. Die Sachen von Memphis Charles (Nagelfeile, Papiere etc.) und meine (Uhr, Kugelschreiber etc.) nahm ich an mich. Sonst hatten sie nichts bei sich, keine Adreßbücher oder so was, bis auf zwei Reservemagazine in der Tasche des besagten Carbone. Ich steckte sie ein und seine Ruger auch. Ich zog die Handschuhe aus und streifte sie ihm über. Ziemlich unangenehm. Ich kam ins Schwitzen dabei.

Anschließend machte ich die Mauser so gut ich konnte sauber und drückte sie in die behandschuhte Hand des verblichenen Carbone. Ich warnte Memphis Charles, daß sie nicht erschrecken soll, hob den Arm der Leiche an und drückte auf die Finger. Der Schuß ging los, und die Kugel blieb in der Decke stecken. Die Automatikwaffe fiel zu Boden, aber egal, jetzt waren bestimmt Schmauchspuren auf dem Handschuh, für ihre Scheißtests.

Ich ging noch kurz überall rum und wischte ab, was ich abwischen konnte, den Hammer und alle möglichen Stellen, die ich angefaßt zu haben glaubte. Ich war mir sicher, daß ich bestimmt welche vergessen hatte, und das deprimierte mich. Dann kehrte ich wieder in die Werkstatt zurück. Besagter Caruso blickte so verstockt wie möglich drein. Die Kleine lehnte an der Werkbank und massierte sich eine Schläfe.

«Fragen Sie ihn, für wen er arbeitet», sagte ich.

«Ich habe verstanden», unterbrach mich besagter Caruso und fügte irgendwas auf Amerikanisch hinzu.

«Er sagt», übersetzte die Kleine, «daß Sie mit ihm machen können, was Sie wollen, sein Chef wird ihm nämlich noch was viel Schlimmeres antun, wenn er Ihnen antwortet, also wird er Ihnen nicht antworten.»

Ich seufzte. Sah auf den Schraubstock. Ja, man könnte sicherlich noch was Schlimmeres tun. Ich hatte die Nase voll von der idiotischen Gewalt. Ich stellte mich vor Caruso und ohrfeigte ihn.

«Dreckskerl», sagte ich traurig. «Verdammter Scheißdreckskerl.»

Er feixte. Ich nahm eine Feile aus dem Werkzeughalter und steckte sie ihm vorsichtig zwischen die Finger. Er verkrampfte sich.

«Aber nein», meinte ich. «Halt sie fest. Um dich loszumachen, wenn wir weg sind. Und dann hau ab. Hast du kapiert?»

Er sah mich ausdruckslos an, aber seine Finger umklammerten die Feile.

«Kommen Sie», sagte ich zu der Kleinen. «Der soll allein klarkommen. Wir verziehen uns.»

Wir verzogen uns.

15

Wir nahmen den Toronado, der auf dem Schlammweg, nicht weit von dem verwilderten Garten, auf uns zu warten schien. Der Fahrer hatte die Schlüssel bei sich gehabt, doch nun hatte ich sie.

Ich fragte die Kleine, was sie mit ihrem Wagen gemacht hätte, und sie meinte, sie hätte ihn vor der Kontaktaufnahme mit ihren kreuzfidelen Kumpeln auf einem Parkplatz abgestellt. Sie sagte mir nicht, wo. Ich hakte nicht weiter nach.

Ich ließ schleunigst den Motor an, denn ich legte keinen großen Wert darauf, hier noch länger rumzulungern. Einsame Gegend hin oder her, die Nachbarn würden schließlich doch irgendwann die Funkstreife rufen; und die drei auf die Befreiung Palästinas versessenen Burschen könnten ja auf die Schnapsidee verfallen zurückzukommen; und Gott weiß, was sonst noch alles. Der Toronado bretterte den Feldweg lang, dann kamen wir auf eine Landstraße. Ich fragte Memphis Charles, ob sie wüßte, wo wir wären. Sie wußte es und zeigte mir den Weg. Ich fuhr wie ein Armleuchter, weil mich das Automatikgetriebe ganz durcheinanderbrachte. Aber schließlich landeten wir doch auf der Route Nationale 14, von da ging es weiter in Richtung Pontoise und Paris.

Memphis Charles interessierte sich in der Karre am meisten für das Paket Marlboro, das sie im Handschuhfach fand, und den automatischen Zigarrenanzünder, den sie am Armaturenbrett aufspürte. Sie zündete schnell eine Kippe an und hielt sie mir hin. Ich sagte ihr, daß man davon Krebs bekomme, und sie ging überhaupt nicht weiter darauf ein. Sie lachte mich nicht mal aus, sie mußte wirklich absolut am Ende sein.

Mich hingegen interessierte am meisten das Funktelefon in der Armlehne. Ich wartete darauf, daß es klingelte. Es klingelte nicht, und die Kilometer flogen dahin. Die Straße war frei. Wir überholten einige Lastwagen, und sahen hier und da noch andere am Straßenrand stehen.

Ich stellte das Radio an, um eventuell was aus den Nachrichten zu erfahren, und mir schlugen entsetzliche Mißklänge entgegen. Ich wollte einen anderen Sender einstellen, aber die Kleine sagte mir, ich sollte das lassen, denn das wäre Chick, ich weiß nicht, Corya oder Gorya am Synthesizer. Also habe ich ihn gelassen, was meinen angegriffenen Nerven jedoch nicht gerade zuträglich war.

«Wenn wir in Paris sind», sagte ich, als der gute alte Chick aufgehört hatte, das Chaos zu synthetisieren, «gehen wir also zur Polizei, sind Sie sich da sicher?»

«Was kann ich denn sonst tun?»

«Ich weiß nicht. Das geht mir irgendwie gegen den Strich. Zunächst mal, Sie hätten nicht abhauen dürfen!»

«Ich werd Sie da nicht mit reinziehen, wissen Sie», sagte Sie. «Ich werd denen erzählen, daß ich rumgeirrt bin.»

«Letzte Nacht, als ich betrunken war, haben Sie mir gesagt, Sie hätten ein Tatmotiv ...»

«Sprechen wir nicht mehr darüber.»

«Doch, lassen Sie uns darüber sprechen. Hatten Sie ein Motiv, Griselda Zapata zu töten?»

Sie zündete sich eine dritte Zigarette an der vorigen an.

«Die kleine Schlampe hat mir eine interessante Rolle in

Papa Löwenmähne weggeschnappt. Nur ein kleiner Krimi, sicher, aber Borniol-Vilmorin macht ihn. Jetzt braucht er allerdings jemand anderen für die Rolle.»

Während sie mir erklärte, daß *Papa Löwenmähne* ein Buch war und Borniol-Vilmorin ein toller Regisseur, der wie eine Bombe einschlagen würde (ich zuckte zusammen), näherten wir uns einer erleuchteten Kneipe am Straßenrand. Ich hätte uns beinahe zu Schrott gefahren, weil man mit dem Automatikgetriebe ja keine Motorbremse hatte, aber mir gelang es trotzdem, den Toronado auf dem splitbestreuten Platz zwischen einer Hecke und einem haushohen Fruehauf-Laster einzuparken. Von der Straße aus würde der Wagen nicht zu sehen sein.

«Was machen Sie?» fragte die Kleine.

«Ich verdrücke einen ganzen Ochsen, wenn sie den haben», sagte ich und stieg aus.

Sie hatten keine ganzen Ochsen. Ich tröstete mich mit vier altbackenen Sandwichs, zwei Carlsberg, einem englischen Kuchen und drei Kaffees. Von Zeit zu Zeit kamen Lkw-Fahrer rein, genehmigten sich einen Espresso, hörten sich aus der Jukebox für Akkordeon und Chor arrangierten Mozart an und gingen wieder. Am Ende des Tresens saß der Dorfsäufer.

«Die Jugend!» rief er. «Die braucht bloß zu kommen, da gibt's keine Ratschläge, da gibt's was mit dem Messer. Dem Messer!» krakeelte er immer wieder herum und fuchtelte mit der geballten Faust.

«Das reicht, Gallibet», entschied der Wirt.

Der andere meckerte weiter, war aber nicht mehr zu verstehen. Währenddessen saßen die Kleine und ich an einem Resopaltisch unter einem Aufgeilkalender der Zündkerzenfirma Champion. Ich stopfte die letzten Bissen in mich rein, sie trank ein Glas Milch, wir flüsterten miteinander.

«Das ist kein Tatmotiv», sagte ich.

«Sie begreifen nicht. Griselda, die hätte Vater und Mutter umgebracht, um von diesen Pornos wegzukommen und was anderes zu drehen.»

«Aber Sie hatten das doch nicht nötig.»

«Ich? Ich bin leider Stuntgirl. Das sind in Paris nur zwei oder drei Mädchen, ich arbeite zwar viel, hab aber immer nur die Rolle der motorradfahrenden Mörderin, die aus der Kurve fliegt, oder bin das Double für den Star bei den Autounfällen. Das ist doch keine Karriere.»

«Wollen Sie denn Karriere machen?»

«Hören Sie, Tarpon», sagte sie, «ich bin mit sechzehn von meinen Alten abgehauen. Ich bin fast krepiert vor Hunger. Jetzt hab ich genug zu fressen, weiß aber nie, ob es im nächsten Monat noch was zu fressen gibt. Das ist kein Leben. Ich will Knete sehen.»

Mir fiel keine Antwort darauf ein. Ich wechselte das Thema.

«Glauben Sie, daß das für die Flics ein ausreichendes Tatmotiv ist?»

«Weiß ich nicht, und ist mir auch scheißegal. Ich hab doch keine Wahl, hm? Wohin soll ich denn gehen, wenn ich nicht zu den Flics gehe?»

Ich trank meinen dritten Kaffee aus.

«Sie könnten in einem guten Hotel absteigen», sagte ich, «und zwei Tage abwarten. In der Zeit beschäftige ich mich mal etwas eingehender mit der Frage. Es gibt da so ein paar Dinge, die ich gern geklärt hätte, und es ist nicht gesagt, daß sie danach noch zur Polizei gehen müssen.»

Sie sah mich an. Sie war bei der sechsten Zigarette in gerade mal fünfunddreißig Minuten. Sie fragte mich, ob ich mich für einen Sam Spade halten würde, und sie mußte mir noch dazusagen, daß das eine Romanfigur war.

«Ich befinde mich in den Händen eines gänzlich ungebildeten Ex-Provinzgendarmen.»

«Wenn Ihnen die Hände der Flics lieber sind...»

«Alle Hotelbesitzer sind Spitzel», fiel sie mir schulmeisterlich ins Wort. «Eine Minute, nachdem ich irgendwo abgestiegen bin, hängt der Typ am Telefon und trommelt die Ordnungskräfte zusammen.»

«Sie sind Schauspielerin», sagte ich. «Wie jemand anderer auszusehen, das ist doch Ihr Job.»

Sie überlegte. Sie fuhr sich mit der Zunge über die Lippen. Hübsche Lippen. Plötzlich wirkte sie nicht mehr erschöpft, sie sah regelrecht aufgedreht aus.

«Lassen Sie uns zum Auto zurückgehen», sagte sie.

Ich bezahlte mit dem Geld der Toten, und wir kehrten wieder zum Auto zurück. Die Kleine stieg hinten ein und holte ihr Schminkzeug raus, alles, was der verblichene Carbone ihr abgeknöpft, und ich der Leiche wieder weggenommen hatte.

«Nicht gucken», bat sie mich. «Sie sollen es erst sehen, wenn es fertig ist, und mir dann sagen, ob Sie geschockt sind.»

Ich drückte mich in meinen Sitz und spielte mit dem Funktelefon. Es klingelte immer noch nicht. An dem Apparat war ein flaches Gehäuse angebracht mit einer Reihe Knöpfen und einem Blatt liniiertem Papier unter einer Plastikfolie. Auf dem Blatt stand nichts. Das Ganze war so angeordnet, daß sich jeder Knopf in Höhe einer Linie auf dem Papier befand. Einer plötzlichen Eingebung folgend nahm ich den Hörer ab, vernahm einen komischen Signalton und drückte auf den ersten Knopf.

Die Wählscheibe begann sich nun von selbst zu bewegen. Ich hängte sofort wieder ein. Das Drehen hörte auf. Ich mußte lächeln, mein erstes Lächeln seit langem. Ich zog das Blatt Papier raus und nahm mir den winzigen goldenen Kugelschreiber, der am Apparat steckte. Dann hob ich nochmals ab und drückte den ersten Knopf. Die Wählscheibe fing an sich zu drehen, und ich zu schreiben. Als es am anderen Ende klingelte, hatte ich eine siebenstellige Nummer auf meinem Zettel stehen.

Ich ließ es lange klingeln, aber niemand meldete sich. Ich legte auf, nahm wieder ab und spielte das Ganze mit dem zweiten Knopf an dem Ding durch. Ich notierte eine zweite Nummer. Dort wurde geantwortet. Das heißt im Hörer dudelte ein Straußwalzer, und eine abartige Naivenstimme vom Band bat mich durch den Strauß hindurch, nicht aufzulegen, zu warten, und meinte, daß dort das Hilton sei. Gut. Der Rezeption des Hilton hatte ich nichts zu sagen. Ich unterbrach die Verbindung und probierte den dritten Knopf aus. Es tat sich nichts. Die Scheibe drehte sich nicht. Dasselbe bei den anderen Knöpfen (insgesamt sechs). Vier brachten nichts. Einer war für das Hilton. Und einer wählte eine Nummer, unter der sich niemand meldete. Nahmen wir mal an, daß das die Rufnummer des Mercedes war. Und der Heuler im Hilton wohnte. Das ergäbe einen Sinn. Ich drehte mich zu Memphis Charles, um ihr mitzuteilen, wie zufrieden ich mit mir war, und vielleicht sogar, weshalb, doch mir verschlug es die Sprache.

«Mein Gott», brachte ich schließlich hervor.

«Ist es so schlimm?» fragte sie, und ich bekam noch einen Schock, denn auch ihre Stimme war ganz anders, die unangenehme Stimme einer spröden alten Jungfer.

«Ihre Sachen passen nun aber überhaupt nicht *dazu*», bemerkte ich.

«Daran ist heute nacht nichts mehr zu ändern.»

Das stimmte. Sie setzte sich wieder zu mir nach vorn. Ich mußte einfach immer wieder zu ihr rübersehen. Sie hatte einen Dutt und wirkte kurzsichtig. Ihre Wimpern hatte sie abgeschminkt und die Augenbrauen neu gezogen. Ihr Mund sah nun ganz verkniffen aus. Sie saß so da, wie man es eigentlich nicht machen soll, die Schultern verkrampft, das Kreuz ganz krumm, und den Bauch vorgestreckt. Ihr Gesicht glänzte etwas. Sie sah mordshäßlich aus, und da ich wußte, daß sie das wirklich nicht war, überkam mich ein seltsames Gefühl, eine Art Prickeln im Nacken und in den Seiten.

«Warten Sie erst mal morgen ab. Das ist jetzt noch gar nichts.»

Bei Pontoise nahmen wir die Umgehungsstraße und rasten in Richtung Paris. Kurz vor drei Uhr früh waren wir auf dem Périphérique, und um Viertel nach drei parkte ich den Toronado in einer Straße in Montrouge. Nach dem Aussteigen sah ich auf das Nummernschild. Es war nicht dasselbe wie gestern.

Wir marschierten bis zur Porte d'Orléans. Unterwegs schmiß ich die Ruger des seligen Carbone in einen Gully. Ein Taxi brachte uns nach Montparnasse. Dort gingen wir die Rue René-Mouchotte in Richtung Süden. In dem ziemlich schäbigen Viertel am Ende der Straße, das wegen des geplanten Baus der Ausfallstraße an der Rue Vercingétorix abgerissen werden sollte oder schon wurde, fand ich die Sorte Hotel, die ich suchte, nicht wirklich anständig und auch nicht ganz anrüchig. Ich blieb etwa zehn Meter vor dem Eingang stehen.

«Ich müßte mit raufgehen», sagte ich. «Ohne Gepäck ist es dann nicht so auffällig. Außerdem müßte ich mich auch mal waschen. Da ich ja sozusagen gekidnappt worden bin, dürften die Flics schon in meiner Wohnung auf mich warten.»

Sie nickte und sagte keinen Ton.

«Ich hoffe, Sie denken nichts Falsches von mir», sagte ich noch.

Sie lachte mich nicht aus. Fand ich nett.

«Einverstanden», sagte sie nur und wir betraten das Hotel, wo uns ein trunksüchtiger, brummiger Nachtportier, der uns kaum eines Blickes würdigte, den Schlüssel und die Meldezettel gab.

Um diese Zeit konnte man kein Bad nehmen, aber das Zimmer hatte eine Dusche. Sonst war alles erbärmlich und dreckig. Memphis Charles ließ sich auf das Bett fallen.

«Uff! Ich bin völlig ausgepumpt», meinte sie.

«Legen Sie sich hin», riet ich ihr. «Ich dusche nur schnell und gehe dann. Ich rufe Sie morgen mittag an, das heißt heute mittag.»

«Hm.»

Ich war schon hinter dem Vorhang. Ich hängte meine Sachen über die Kabinenwand und duschte. Es war keine Seife da, aber ich schrubbte mich ausgiebig und versuchte nachzudenken. Ich trocknete mich halbwegs ab und zog meine schmutzigen Sachen wieder an. Ich stieg aus der Kabine. Ich hatte die Kleine noch so einiges zu fragen, aber sie war dort, wo sie umgesunken war, mitten in dem Doppelbett, eingeschlafen. Ich sagte mir, daß ich nirgendwo hingehen konnte. Zu Haymann, da müßte ich wieder stundenlange Erklärungen abgeben, und mir reichte es, ich brauchte Schlaf. Ich schubste die Kleine zur Seite, sie murrte ein bißchen, wachte aber nicht auf. Ich deckte sie mit dem Federbett zu. Bevor ich ins Bett schlüpfte, wusch ich noch mein Hemd und meine Socken.

16

Haymann nahm beim sechsten Klingeln ab.

«Sie idiotischer Volltrottel!» rief er, als er meine Stimme erkannte. «Wie spät ist es?»

«Zehn Uhr früh.»

«Wegen Ihnen habe ich die ganze Nacht bei diesen Herren verbracht, Sie Hornochse! Es wimmelt nur so von Flics bei Ihnen. Wo sind Sie denn gewesen? Man hat Sie in einer Karre entführt? Was soll denn dieser Blödsinn?»

Ich sagte ihm, daß ich es ihm erzählen würde. Ich fragte, ob man in seinem Garten ein Auto verstecken könnte.

«In meinem Garten verstecken? Was meinen Sie damit? Es vergraben? Sind Sie betrunken?»

«Nein! Na ja, es in den Garten stellen», seufzte ich. «Es halt hinter dem Haus verstecken.»

«Ist das Ding geklaut?»

«Unter anderem.»

«Unter anderem!» wiederholte er wütend. «Ist gut. Kommen Sie, Tarpon. Aber sehen Sie zu, daß Ihnen wenigstens eine unterhaltsame Geschichte dazu einfällt oder das war der letzte Gefallen, den ich Ihnen getan habe.»

Ich versprach es ihm und hängte ein. Ich ging von der Telefonzelle aus runter zur Metro. Ich kaufte *Le Parisien*

Libéré und fuhr dann zur Porte d'Orléans. In dem Käseblatt war mein Foto, eins aus der Zeit, als ich Gendarm gewesen war und anständig ausgesehen hatte. Kein bißchen ähnlich. Es wurde über mein blutiges Kidnapping berichtet, dabei gab es einen Leichtverletzten, Polizeioffizier Coccioli, der Prellungen und leichte Verbrennungen erlitten hatte. Ein Fleischer war zunächst festgenommen, dann wieder auf freien Fuß gesetzt worden. Der Zeitung zufolge könnte es sich um einen Racheakt Linksradikaler handeln. Man hatte nämlich festgestellt, daß die Leute, die mich angegriffen hatten, wie Nordafrikaner aussahen, und da bekannt war, daß ich in Saint-Brieuc... Kurz, man kam also zu dem Schluß, daß meine Entführer Selbstjustiz übende maoistische Lumpenproletarier sein dürften. Kein Wort darüber, daß mein Mißgeschick in irgendeinem Zusammenhang mit der Affäre Griselda Zapata stehen konnte. Das war nicht normal. Die Polizei hatte nicht nur nichts darüber verlauten lassen, sondern mußte zudem eine Nachrichtensperre verhängt haben. Ich begriff nur nicht, warum.

An der Porte d'Orléans lief ich zu Fuß weiter. Der Toronado stand noch da, wo ich ihn geparkt hatte, ich sah mich prüfend um. Ich hatte mich mehr oder weniger darauf gefaßt gemacht, daß scharenweise getarnte Flics in den Ecken rumlungerten. Aber nein, nichts dergleichen. Ich stieg in den Wagen und startete ohne Probleme. Eine Viertelstunde später hatte ich, ohne mich groß verfahren zu haben, Clamart erreicht und hielt vor Haymanns Haus.

Er wartete bereits in seinem Gärtchen auf mich, mit seiner Mütze auf dem Kopf und einem Seidenschal über dem Pullover mit den lederverstärkten Ellenbogen. Er sah miesepetrig aus und rauchte eine Gitane-Maïs. Ich hätte beinahe den halben Zaun mitgenommen, als ich den Toronado auf das Grundstück fuhr und um das Häuschen kurvte. Plötzlich stand ich im Gemüsegarten.

«Nur zu, nur zu», sagte Haymann immer wieder. «Fahren Sie nur meinen Salat platt, ist mir jetzt auch schon egal.»

Ich machte die Wagentür auf und sah, daß er nicht wirklich wütend war, aber es war gut gespielt. Er bot mir trotzdem Kaffee an.

«Sehr gern, danke», sagte ich. «Aber ich würde ihn lieber im Wagen trinken, denn ich erwarte einen Anruf auf diesem Ding hier.»

Ich tippte auf das Funktelefon in der offenen Armlehne.

«Von wem?»

«Das werd ich vielleicht erfahren, wenn es soweit ist.»

Er zog einen Flunsch und ging das Gebräu holen. Er kam ziemlich schnell wieder und stieg mit dem wackligen Stapel aus Kaffeekanne, zwei Plastikschalen, einer Zuckerdose und einem Löffel ebenfalls vorn ein. Wir machten es uns auf den Sitzen halbwegs bequem. Wir tranken. Der Kaffee war kochendheiß, das tat gut. Durch die Frontscheibe sah man auf den abschüssigen Gemüsegarten, alles grünte, ein heiteres Bild, die Dächer der Häuschen, Rauchsäulen im Tal, im Bau befindliche Wohnblöcke. Das Wetter war unbeständig, doch ab und zu kam die Sonne durch.

Ich erzählte Haymann, was ich ihm erzählen konnte, das heißt, fast alles, nur daß sich in meinem Bericht die beiden Killer bei dem Versuch, mich zu erwischen, gegenseitig abgeknallt hatten.

«Wem wollen Sie das denn weismachen, Tarpon?»

«Zunächst mal Ihnen.»

Er warf seine Mütze auf den Boden des Wagens, stieß einen tiefen Seufzer aus und schlug sich mehrmals mit der Faust auf den Kopf.

«Beruhigen Sie sich», sagte ich.

«Es geht schon, ich habe mich beruhigt» gab er zur Antwort, als er seine Mütze aufhob und sie sich wieder auf den Kopf drückte. «Was wollen Sie jetzt tun?»

Ich sagte ihm, daß es davon abhinge, inwieweit ich strafrechtlich belangt werden würde, und er erzählte mir, daß er Schlag elf Uhr am vorigen Abend bei mir vorbeigeschaut habe, um ein Glas zu trinken und mir mitzuteilen, daß die beiden von mir notierten Autonummern gefälscht waren. Die eine gehörte einem Schulbus, die andere war gar nicht vergeben. Jedenfalls sei er bei mir von den dort wartenden Flics geschnappt worden, und Coccioli habe ihn dann sechs Stunden lang ausgequetscht.

«Mit Pausen zwischendurch», präzisierte er. «Aber trotzdem, lustig war es nicht gerade. Ich wußte, daß Sie mir, was die Kontakte zu Memphis Charles betrifft, die Hucke voll gelogen hatten, und ich hab mich gefragt, ob es nicht vielleicht besser gewesen wäre, denen alles zu sagen, was ich weiß. In Ihrem eigenen Interesse, Tarpon.»

«Hmja», brummte ich.

«Die wollten wissen, was ich bei Ihnen zu suchen hatte, und ich sagte, daß wir uns vom letzten Jahr kennen würden, weil ich mir damals, als das in Saint-Brieuc passiert ist, überlegt hatte, einen Artikel über Sie zu schreiben. Ich erklärte denen, ich hätte versucht, Ihnen einen Gefallen zu tun und hätte Ihnen Gérard Sergent zugeführt. Die hatten mich ja im Leichenschauhaus mit ihm gesehen und hätten das sowieso überprüft. Sie haben mich noch gefragt, warum ich so spät bei Ihnen vorbeischauen würde, und was ich über die Sache Louise Sergent wüßte. Ich sagte, daß ich bestimmt weniger wüßte als die Polizei, und habe schließlich zugegeben, daß ich bei Ihnen aufgetaucht wäre, um einen kleinen Anteil zu fordern, weil ich Ihnen ja Gérard Sergent zugeführt hatte.»

Ich wollte Haymann beinahe fragen, ob das stimmte, aber irgend etwas in seinem Blick hielt mich davon ab. Er kam zum Schluß:

«Ich machte ein beschämtes Gesicht, da lachten die und haben mich gehen lassen, so einen alten Drecksack wie mich. Aufgebaut hat mich das Spielchen nicht gerade. Ich will nur hoffen, daß es wenigstens einer sauberen Sache gedient hat.»

«Na klar», sagte ich. «Wir verteidigen die Witwen und Waisen!»

«Sergent ist Waise väterlicherseits, zugegeben», sagte Haymann, «aber Memphis Charles ist keine Witwe. Und ich bin mir auch nicht sicher, ob sie verteidigt werden kann. In welchem Hotel haben Sie sie gelassen?»

«Warum sollte man sie nicht verteidigen können?» fragte ich, anstatt ihm die Frage zu beantworten.

Haymann zündete sich zum vierten Mal seine Maisblatt an, die ständig ausging.

«Das heute nacht war ein Verhör, aber auch ein Gespräch. Die Flics kennen mich. Sie haben mich nicht allzu hart angefaßt und eher mit mir geplaudert. Ich hab auch was erfahren.»

«Sagen Sie schon, was, und machen Sie nicht so ein Theater.»

«Griselda Zapata wurde nicht vergewaltigt. Doch man hat eine Vergewaltigung vorgetäuscht. Im Klartext: Sie wurde penetriert, aber womit, weiß man nicht so recht, und es war kein Sperma vorhanden.»

Er sprach brutal offen. Wohl um zu beweisen, daß er ein erfahrener hartgesottener Bursche war.

«Und die Moral von der Geschicht...», meinte er abschließend.

«Das könnte eine Frau getan haben», ergänzte ich.

Haymann zuckte mit den Schultern.

«Hören Sie», sagte ich, «lassen Sie uns noch vierundzwanzig Stunden warten. Ich will erst Griseldas nette kleine Kumpel unter die Lupe nehmen, Sie wissen doch, die Namen, die uns ihr Bruderherz gegeben hat. Und dann ist da noch der Heuler.»

«Der», meinte Haymann, «der paßt ja nun überhaupt

nicht dazu. Völliger Unsinn. Sind Sie sicher, daß Sie sich das nicht nur ausgedacht haben?»

«Wofür halten Sie mich eigentlich?»

«Für einen verdammten Lügner. Aber Sie haben nicht genügend Phantasie, um so eine Geschichte zu erfinden. Was wollen Sie in dieser Hinsicht unternehmen?»

«Das hängt davon ab, ob Sie mir helfen können», sagte ich. «Ob Sie hierbleiben können und das Telefon in der Karre abnehmen, wenn ein Anruf kommt.»

«Falls ein Anruf kommt ...»

Ich zuckte mit den Schultern.

«Gut, Tarpon», seufzte er. «Und was soll ich sagen, falls ein Anruf kommt?»

«Ich will mit denen sprechen. Ich komme am Abend im Hilton vorbei. Sie sollen an der Rezeption eine Nachricht für mich hinterlassen.»

Er nickte. Er schwieg einen Augenblick. Dann:

«Zu Fuß verlieren Sie zu viel Zeit», murrte er. «Solange ich hier wie ein Blödmann festsitze, können Sie ja meinen Aronde nehmen.»

17

Während ich auf die Porte de Vanves zurollte, ging mir das, was mir Haymann gesagt hatte, immer wieder im Kopf rum. Das über Memphis Charles, meine ich. Am Ende fuhr ich, statt in den Pariser Osten abzudrehen, wie ich es vorgehabt hatte, geradeaus weiter nach Montparnasse. Ich hielt mich mit dem Aronde im Tempo etwas zurück, weil ich nicht gewohnt war, am Steuer zu sitzen, und durch den Toronado meine Reflexe beeinträchtigt waren. Einen Unfall konnte ich jetzt nicht gebrauchen, wo doch mein Name in allen Zeitungen prangte.

Ich hatte Schwierigkeiten, einen Parkplatz zu finden. Es war halb zwölf Uhr, als ich das Hotel betrat. Bei der Fresse, die ich auf dem Bild zog, das an die Presse gegangen war, lief der Mann an der Rezeption wohl kaum Gefahr, mich wiederzuerkennen. Er rief mich trotzdem zu sich, als ich am Tresen vorbeiging, und mein Herzschlag setzte kurzzeitig aus.

«Ihr Schlüssel», meinte er und hielt mir den besagten Gegenstand hin.

«Ist meine Frau außer Haus?»

«Hmja.»

«Hat sie keine Nachricht für mich hinterlassen?»

«Nein.»

Ich bedankte mich und ging rauf.

Heute morgen hatte ich Memphis Charles schlafen lassen und eine Nachricht auf das Kopfkissen gelegt. Beides war verschwunden, Memphis Charles und die Nachricht. Das Bett war gemacht, das Fenster offen, das Zimmer wirkte noch schäbiger. Und so unglaublich leer. Nichts erinnerte mehr daran, daß das kleine Luder hiergewesen war. Sie hatte mich ganz schön reingelegt. Zumindest dachte ich das. Und dann ging hinter mir die Tür auf, ich drehte mich um und starrte mit feindseligem Erstaunen auf die Unbekannte, die da hereinkam, diese häßliche Person ...

«Was soll denn das?» fragte ich verärgert, dann erkannte ich sie. «Verdammt», sagte ich. «Ich hatte ganz vergessen, daß Sie sich so verhunzt haben. Verrückt, wenn man weiß, wie hübsch Sie in Wirklichkeit sind.»

Ich weiß nicht, was in mich gefahren war, den letzten Satz auszusprechen. Ich nehme mal an, daß ich nichts mehr auf die Reihe brachte, weil für mich einen Augenblick vorher noch festgestanden hatte, daß sie abgehauen war.

Sie bedankte sich mit unsicherer Stimme und legte Pakete auf das Bett. Mit etwas stockenden Bewegungen. Sie trug eine Brille, die stubste sie sich auf die Nasenspitze runter, um mich über die dicke Fassung hinweg anzuschauen.

«Das ist kein Fensterglas», erklärte sie. «Ich habe sie im Inno einer Tante aus der Tasche geklaut. Die muß verdammt kurzsichtig sein. Ich stoße überall an, wenn ich das Ding aufhabe.»

«Bravo», sagte ich. «Auch noch eine Taschendiebin.»

«Aber das entstellt mich doch wenigstens richtig, oder?»

«Ich weiß nicht», seufzte ich. «Ich mag Frauen mit Brille, die machen mir weniger angst als die anderen. Verunstaltend ist eher das ganze Drumherum. Der Dutt und so. Wie machen Sie das?»

«Berufsgeheimnis», meinte sie und fing an, ihre Pakete auszupacken.

Sie hatte sich was zum Anziehen gekauft. Einen blauen Rock aus grobem Leinen und einen kurzärmligen Rippenpulli in kaum zu ertragendem Scharlachrot. Sie breitete alles auf dem Bett aus.

«Damit werde ich wie ein richtiger Bauerntrampel aussehen», stellte sie zufrieden fest. «Wo sind Sie denn gewesen? In der *France-Soir* ist ein Foto von Ihnen. Ein schlechtes. Sie sind enorm häßlich in der *France-Soir*. Ich hab Ihnen einen Schlafanzug gekauft.»

Sie holte aus einer Plastiktüte das Käseblatt und besagten Schlafanzug und warf beides an das Kopfende des Bettes. Ich muß ziemlich verdutzt ausgesehen haben, weil sie laut loslachte.

«Im Morgengrauen bin ich mal kurz wach geworden», erklärte sie. «Ich war ziemlich geschockt, als ich gesehen hab, daß in meinem Bett ein nackter Mann liegt und ich daneben auf der Decke.»

«Nicht nackt. In Unterhosen.»

«Hab ich nicht nachgeprüft. Wissen Sie, daß Sie ohne was ganz passabel aussehen? Warum ziehen Sie sich bloß so bekloppt an?»

Ich ließ ein empörtes Schnauben vernehmen.

«Ihren Schlafanzug können Sie behalten» sagte ich. «Ich verbringe keine weitere Nacht hier.»

«Aber Sie sind doch gewissermaßen auf der Flucht», fiel ihr ein.

«Verschonen Sie mich mit diesem Krimijargon. Auf der Flucht bin ich bis heute um Mitternacht. Und dann gehe ich zu den Flics.»

Sie ließ nicht locker.

«Ich bin Ihre Klientin. Übrigens, ich werde Ihnen einen Scheck ausstellen. Ihre Klientin werden Sie den Flics doch nicht ausliefern.»

«Das haben Sie wieder irgendwo gelesen», seufzte ich. «Ich will keinen Scheck. Sie sind nicht meine Klientin. Und ich mache sowieso, was ich will.»

Sie sah mich einen Augenblick halb spöttisch, halb ernsthaft an. Dann tat sie etwas Überraschendes: Sie begann glucksend zu lachen. Eine halbe Minute später hatte es beängstigende Formen angenommen. Sie krümmte sich vor Lachen. Ihre Brillengläser liefen an. Sie ließ sich auf das Bett fallen und gluckste immer weiter. Ich runzelte die Stirn. Nach und nach beruhigte sie sich wieder.

«Er macht, was er will!» japste sie. «Er sagt, daß er macht, was er will!»

«Herrgott noch mal», sagte ich. «Nehmen Sie Drogen oder was?»

«Er macht, was er will!» wiederholte sie und begann zunächst wieder mit ihrer Lache, hörte dann aber schlagartig auf. «Was haben Sie gesagt?» fragte sie mit einer völlig veränderten Stimme.

Ich wiederholte meine Frage. Sie nahm ihre Brille ab und wischte sich die Augen. Jetzt sah sie mich an: Ihr Blick war eiskalt. Sie schüttelte den Kopf.

«Nein, ich nehme keine Drogen», sagte sie. «So, jetzt geht wohl die Ermittlung wieder weiter?»

Ich nickte.

«Und ich dachte, wir wären Kumpel», seufzte sie.

Ich wußte nicht, was ich sagen sollte. Ich setzte mich auf den einzigen Stuhl, neben das Bett. Und dann befragte ich sie. Sie antwortete ziemlich monoton, fast wie ein bißchen weggetreten. Wir gingen noch einmal das durch, was sie in den Zeitungen «Tathergang» nannten. Memphis Charles wich mit keiner Silbe von ihren bisherigen Aussagen ab. Am Montag, das heißt vorgestern, war sie abends gegen elf Uhr oder vielleicht etwas später nach Hause gekommen. Von wo sie kam? Von einer Feier bei Freunden, einem gewissen Soundso und einem Soundso, sie nannte mir die

Namen, das war nachprüfbar. Wann hatte sie Griselda zum letzten Mal gesehen? Morgens, beim Frühstück, und als sie um 23 Uhr zurückkam, war sie tot, und Memphis Charles hatte sich überall mit Blut beschmiert, weil sie die Leiche in die Arme genommen hatte; und dann hatte sie das blutige Messer gesehen und es aufgehoben; sie hatte panische Angst bekommen, sich umgezogen, das Haus verlassen, das Messer in die Rabatten und ihre beschmutzten Kleidungsstücke in den Mülleimer geschmissen, sie war zu mir gerast.

«Haben Sie keine Ahnung, was Griselda an dem Tag gemacht haben konnte?»

Sie schüttelte den Kopf.

«Nicht die geringste.»

«Das hört sich an, als ob es zwischen Ihnen Spannungen gegeben hätte?»

«So ist es.»

«Wegen der Geschichte mit dem Film *Papa Löwenmähne*?»

«Deswegen und wegen anderer Sachen.»

«Welche andere Sachen?»

Sie zuckte mit den Schultern und zündete sich eine Zigarette an. Das waren nicht mehr die Marlboros aus der Karre, die mußte sie schon weggeraucht haben, beim Einkaufen hatte sie sich Gauloises besorgt (ich sah, wie sie das neue Paket anriß).

«Die Sachen im allgemeinen», brummelte sie. «Ihre Art zu leben.»

«Sie hurte ein bißchen rum und nahm LSD. Deswegen?» fragte ich. «Wegen so was?»

«Nicht wegen so was. Jeder kann doch tun und lassen, was er will, oder? Nein, es ging um die allgemeine Sicht der Dinge. Sie und ich, wir haben uns einfach nicht in die gleiche Richtung bewegt. Verstehen Sie, was ich meine?»

Ich nickte. Ich setzte immer wieder neu an. Versuchte

zum Beispiel herauszubekommen, ob die Kleine Leute kannte, die ihrer Freundin was tun wollten. Ich fragte sie, ob sie sich erinnerte, daß ihr was aufgefallen war, irgendwas, das kleinste Detail, am Montagabend, als sie nach Hause kam. Und so weiter. Sie verneinte alle Fragen. Zum Verzweifeln.

«Sind Sie jetzt fertig?»

Ich fuhr hoch. Ich hatte gar nicht gemerkt, daß ich seit einigen Minuten in Gedanken versunken dagesessen hatte.

«Hmja», seufzte ich.

«Sie tappen im dunkeln, stimmt's?»

Ihre Stimme war nicht mehr so feindselig wie zehn Minuten zuvor. Ich nickte und brummte traurig.

«Wir gehen besser zusammen zu den Flics, Tarpon», sagte die Kleine. «Wir beide sind da in eine Räubergeschichte reingerutscht. Ich, weil ich zu viele Schmöker gelesen hab, und Sie, ich weiß nicht, warum. Wir sollten besser damit aufhören.»

«Geben Sie mir Zeit bis Mitternacht», meinte ich hartnäckig.

«Wenn Sie Angst haben, da mit reingezogen zu werden, gehe ich allein und halte Sie aus allem raus.»

Das hatte sie mir schon nachts im Toronado gesagt, und das paßte mir nicht. Mir war es scheißegal, ob ich mit reingezogen wurde. Ich hatte mich selbst schon so weit reingeritten, daß ich sowieso nicht mehr heil aus der Sache rauskommen konnte. Doch da ich mich bei der ganzen Geschichte schon so verausgabt hatte, fand ich es unerträglich, jetzt die Dinge einfach laufenzulassen. Ich erhob mich vom Stuhl und schüttelte den Kopf.

«Vergessen Sie, was ich gesagt habe. Sie sind meine Klientin, wenn Sie wollen. Bis Mitternacht.»

Sie zückte aus einer der Außentaschen auf ihrem Lederdings ein Scheckbuch.

«Wieviel nehmen Sie die Stunde?»

«Nein», sagte ich. «Das kostet nichts.»

Ich ging zur Tür. Im Gehen meinte ich noch, ohne mich umzudrehen:

«Am besten rühren Sie sich nicht von der Stelle. Sehen Sie zu, daß man Ihnen ein Sandwich raufbringt. Ich rufe Sie an.»

Als ich das Zimmer verließ, sah ich die Kleine noch mit dem Pyjama in der Hand dastehen. Sie blickte mir mit einer netten Schnute hinterher. Ich zog die Tür zu.

Vom Hotel aus ging ich wieder zum Aronde. Bevor ich losfuhr, blieb ich noch einen kurzen Moment reglos am Steuer sitzen. Dann nahm ich Kurs auf das 17. Arrondissement, wo besagter Eddy Alfonsino residierte.

Der kleine Gauner und Freund Griseldas, über den mich Gérard Sergent am Vortag kurz aufgeklärt hatte, wohnte in einem schönen Quadersteinhaus an der Place Péreire. Während mich ein erstaunlich langsamer Fahrstuhl zum Dachgeschoß beförderte, sagte ich mir, daß Lasterhaftsein was einbrachte, auch wenn Papa Eddy sich nur ein in ein «Studio» umgewandeltes ehemaliges Dienstmädchenzimmer leisten konnte. Ich wußte, es war ein Studio, und sogar ein elegantes, denn die Tür war nicht verschlossen, und da niemand auf mein Klingeln reagierte, stieß ich die Tür auf und sah das Zimmer, das aufgeschlitzte Bett, den umgekippten Nachttisch, die herausgezogenen Schubkästen, Papiere und Kleidung überall verstreut... und Alfonsino tot auf dem Teppichboden liegen.

18

So konnte es nicht weitergehen. Ich benutzte meinen Kugelschreiber, um das Telefon abzuheben. Der Hörer fiel neben den Apparat auf die Kommode. Ich wählte die Nummer mit dem Stift und beugte mich über das Ding, um reinsprechen zu können, ohne Fingerabdrücke draufzupappen. Ich verlangte Coquelet und bekam prompt Coccioli. Der Kommissar war außer Haus. Ich sagte dem Hilfssheriff, worum es sich drehte, wo ich war und daß ich ihn erwartete. Er sagte, daß er käme.

In der Zwischenzeit schnüffelte ich in dem ganzen Durcheinander herum, aber eigentlich lagen mir die Dinge hier bereits klar genug vor Augen. Eddy Alfonsino, der zu Lebzeiten ein großer Typ mit großer Nase gewesen sein mußte, ein zum Aasgeier mutierter Raubvogel, mit schwarzen Haaren und topasfarbenen Augen, hatte man ein Messer ins Herz gestochen. Die Klinge war zwischen den Rippen abgebrochen. Ein kantiges Stück ragte noch aus dem Riß in seinem pflaumenblauen Seidenschlafanzug, viel Blut war nicht geflossen. Die Leiche lag auf dem Rücken, mit dem Kopf zur Tür. Der Griff des Messers war nirgendwo zu finden, er mußte mit dem Mörder verschwunden sein, und das schon vor einer ganzen Weile, denn das Blut war geronnen und bräunlich.

Unter dem Bodenbrett des Nachttischs sah ich vier kleine rechteckige Abdrücke. Ich sah sie mir näher an und brauchte nicht mal dranzufassen, um zu erkennen, daß sie klebrig waren. Heftpflaster oder Klebepapier. Genau so, als ob etwas mit zwei Streifen über Kreuz darunter befestigt gewesen wäre. Dieses Etwas hatte der Mörder ebenfalls mitgehen lassen. Doch entweder hatte er was anderes gesucht, als er herkam, oder aber der Mörder hatte eine ziemliche Macke, denn das Zimmer derart zuzurichten, um schließlich das Gesuchte in einem so jämmerlichen Versteck zu entdecken, war nicht gerade ein Zeichen von überwältigender Intelligenz.

Gegenüber der Eingangstür befand sich eine weitere halboffene Tür. Ich stieß sie mit dem Knie auf. Sie führte in ein sehr kleines Bad mit einer Sitzbadewanne. In der lag ein amerikanischer Vergrößerungsapparat der Marke Durst, und verschiedenes anderes Fotomaterial: Papier, Stückchen von Plastikschalen. Das Ganze schien gewissenhaft demoliert worden zu sein, die Flaschen mit Entwickler und anderen Flüssigkeiten waren auf dem Wannenboden zerschlagen worden und bildeten nun eine eklige Brühe.

Keine Negative zu sehen, weder im Toilettenraum, noch im Studio. Die auf dem Boden verstreuten Papierseiten gehörten anscheinend zu einem Filmdrehbuch. Ich überflog eine oder zwei. Für Kinder war das Werk nicht gedacht.

Der verblichene Alfonsino hatte viele teure und elegante Kleidungsstücke. Genauer untersuchte ich sie nicht. Diesmal war ich reif für den Knast, und ich mußte Memphis Charles noch warnen. Ich betätigte die Telefongabel mit meinem Kugelschreiber, doch als ich die Nummer wählte, kamen mir Zweifel. Ich wollte die Kleine nicht in Panik versetzen, solange ich mich noch frei bewegen konnte, und ich war mir auch nicht ganz sicher, ob man mich einlochen und dabehalten würde. Schließlich wählte ich Stanislavskis Nummer. Für das, was ich zu sagen hatte, hätte ich auch

Haymann anrufen können, aber sein journalistischer Spürsinn ging mir auf die Nerven. Er hatte seinen Kram zu regeln, sollte mir dabei aber nicht unbedingt ins Gehege kommen, wenn ich so sagen durfte.

Das tapfere Schneiderlein war ganz außer sich, als es mich hörte, und fing an, mir zu erklären, was bei mir losgewesen sei: das ständige Hin und Her von Flics, und daß er annehme, die hätten meinen «Freund, den Journalisten», verhaftet. Dann fragte er mich, wie es denn komme, daß ich ihn anriefe, und von wo, und was mir zugestoßen sei. Ich mußte ihn unterbrechen, weil ich absolut keine Zeit zu verlieren hatte. Hoffentlich hatte ich ihn nicht beleidigt.

«Wenn ich mich nicht bis morgen mittag bei Ihnen gemeldet habe», erklärte ich ihm, «rufen Sie bitte diese Nummer an, das ist ein Hotel, und verlangen Madame Malone.» (Das war der Name, unter dem uns die Kleine eingeschrieben hatte.) «Sie sagen dieser Frau, daß ich im Gefängnis sitze und ihr rate, sich der Polizei zu stellen.»

«Sie sind im Gefängnis, M'sieur Tarpon!»

«Nein, nein, aber es könnte noch kommen. Ich werd Ihnen alles erklären, in ein oder zwei Tagen oder vielleicht schon früher. Jetzt ist keine Zeit mehr dazu, entschuldigen Sie bitte. Also, sagen Sie ihr, daß ich ihr rate, sich der Polizei zu stellen, wenn Sie aber einen längeren Urlaub antreten will, ich hab kein Wort über sie gesagt.»

«Ist notiert.»

Er wiederholte alles und versprach, es auch ganz pünktlich zu erledigen. Ich dankte ihm, entschuldigte mich nochmals und beendete das Gespräch mit meinem Kugelschreiber. Ich hatte mich kaum vom Hörer wegbewegt, da kam Coccioli rein.

Er hatte einen anderen in Zivil dabei, den ich noch nie gesehen hatte und der vorwurfsvoll schnalzte, als er die Leiche und den ganzen Saustall in Augenschein nahm. Ein Uniformierter war von Coccioli im Treppenhaus postiert worden. Und selbstverständlich standen unten noch welche.

Der fidele Hilfssheriff sah mich an und schüttelte müde den Kopf. Er sah nicht wütend aus, eher traurig, obwohl er doch einigen Grund hatte, mir was übelzunehmen. Seine Haare waren extrem gestutzt, überhaupt nicht mehr schnittig. Sie mußten halb abgeschmort sein, als die Operetten-Palästina-Sympathisanten den DS gestürmt hatten, und der Friseur hatte nur dem Tatbestand Rechnung tragen können. Zusätzlich zu dem gestrigen Pflaster auf der Nase hatte Coccioli nun noch eins auf der Wange und ein weiteres auf dem rechten Handrücken. Er bemerkte meinen Blick.

«Das war das Arschloch von Fleischer», sagte er. «Der hat mich für einen von den Kerlen gehalten, die Sie hochgenommen haben. Und ich auch, ich hab ihn auch für einen von denen gehalten.»

«Es tut mir leid», seufzte ich

«Sie können nichts dafür.»

Seinem Tonfall nach zu urteilen, war er davon nicht unbedingt überzeugt. Er sah mich müde an.

«Ich habe unwahrscheinlich viele Fragen an Sie», meinte er weiter. «Immerhin ein Trost.»

«Ich bin nicht sicher, ob ich auf alle eine Antwort haben werde.»

«Wir werden sie gemeinsam suchen.»

Ich zuckte mit den Schultern. Der Rest der Mannschaft rückte an und verteilte sich vorsichtig im Zimmer. Der Doktor murmelte, daß der Tote tot sei und wahrscheinlich an dem Messerstich gestorben war; alles Sachen, die jeder selbst sehen konnte. Der andere Hilfssheriff ortete die Scherben im Bad und rief Coccioli, um sie ihm zu zeigen.

Als Coccioli wieder rauskam, forderte er mich zu meiner großen Überraschung auf, ihn nach unten zu begleiten. Am Ende der Straße gab es eine Bar, und in die setzten wir uns rein. Ich hatte in letzter Zeit begriffen, daß man keine Gelegenheit auslassen sollte, was zu essen, da man nie wissen konnte, wann sich wieder eine bieten würde. Also bestellte ich einen Käse-Schinken-Toast und ein Bier. Coccioli verlangte einen Kaffee. Ein oder zwei Minuten rührte er versonnen mit dem Löffel in seiner Tasse.

«Schildern Sie mir mal, was sie seit gestern abend gemacht haben», sagte er schließlich. «In groben Zügen. Wenn ich Details wissen will, frage ich.»

«Sie werden mir nicht glauben», seufzte ich zwischen zwei Bissen Käse-Schinken-Toast.

Er empfahl mir, nicht so defätistisch zu sein, und ich erklärte ihm, Unbekannte hätten mich geschnappt, wie er ja gesehen habe, und daß ich ihre Gesichter nicht richtig hätte erkennen können, bevor sie mich niedergeschlagen hätten, und daß ich erst wieder zu mir gekommen wäre, als ich Schüsse gehört hätte.

«Schüsse?»

«Ich war an ein Bett gefesselt, in einem Zimmer», sagte ich. «In einem abgelegenen Haus.»

«Woher wußten sie, daß es abgelegen war?»

«Ich hab es hinterher erfahren. Lassen Sie mich doch erzählen.»

Er nickte. Ich redete weiter.

«Als ich mich endlich befreien konnte, war schon eine ganze Weile nicht mehr geschossen worden. Es war spät in der Nacht; ich weiß nicht genau, wann, denn meine Uhr war stehengeblieben.»

«Wie praktisch», entfuhr es Coccioli.

Ich ging nicht weiter darauf ein.

«Jedenfalls verließ ich das Zimmer. Ich lief durch das Haus. Ich fand zwei Tote.»

Coccioli schüttete sich Kaffee auf die Manschette, weil er sich verschluckt hatte. Er fluchte.

«Zwei Tote? Zusätzlich zu Alfonsino?»

Ich seufzte als Zeichen der Zustimmung.

«In der Bruchbude war keiner mehr», erklärte ich. «Nur die beiden Leichen lagen da.»

Ich erzählte, daß ich die Toten durchsucht hätte, der eine Carbone und der andere Ford hieß und sie sich anscheinend gegenseitig umgebracht hätten. Währenddessen goß Coccioli Wasser aus einer Karaffe auf seine schmutzige Manschette und zutschte daran, um den Kaffee rauszukriegen. Einfach widerlich. Er machte mich wahnsinnig.

«Die Polizei haben Sie nicht gerufen», bemerkte er.

«Lassen Sie mich erklären, wie ich die Dinge sehe. Haben Sie sich die Unterseite von Alfonsinos Nachttisch angeguckt? Ist Ihnen da was aufgefallen?»

«Ist mir, ja.»

«Der Mörder hat was geklaut. Seit Griselda Zapata getötet wurde, sind all diese Leute hinter irgendwas her. Meinen Sie nicht auch?»

«Ich weiß nicht.»

«Sie suchen was, eine Art verhängnisvolles kleines schwarzes Notizbuch», behauptete ich weiter.

«Erpressung», sagte Coccioli. «Meinen Sie das? Man ermordet Louise Sergent, um ihr was wegzunehmen, aber sie hat es nicht, sondern Alfonsino, weil er ihr Zuhälter war.»

«Ich weiß nicht, ob er ihr Zuhälter war, ich stelle nur Vermutungen an.»

«Er war ihr Zuhälter», wiederholte Coccioli bestimmt. «Das weiß man. Wir. Die Polizei. Wir wissen es.»

«Gut», sagte ich. «Nehmen wir mal an, daß es so ein verhängnisvolles kleines schwarzes Notizbuch gibt. Da wär's doch denkbar, daß verschiedene Leute hinter ihm her sind. Da wär's doch denkbar, daß sie mich entführen. Da wär's doch denkbar, daß sie sich gegenseitig bekämpfen. Oder?»

«Sie sind kein verhängnisvolles kleines schwarzes Notizbuch, Tarpon», bemerkte Coccioli.

Ich seufzte bemüht freundlich.

«Aber manche Leute, Sie, die Polizisten eingeschlossen, scheinen zu glauben, daß ich weiß, wo Memphis Charles ist. Und sie glauben womöglich auch, daß Memphis Charles diese Sache an sich genommen hat, das Ding, hinter dem alle her sind, das Notizbuch oder sonstwas. Alfonsino war vielleicht ihr Zuhälter, aber Memphis Charles hat mit Griselda zusammengewohnt.»

Coccioli kratzte sich die Nase und pustete auf seine Manschette. Ihm war es gelungen, den Kaffeefleck etwas blasser zu bekommen. Und auch, ihn großflächig zu verteilen.

«Um noch mal auf ihre phantastische Erzählung zurückzukommen», sagte er, «da hätten sich also heute nacht zwei rivalisierende Banden um ihre wertvolle Person gestritten, und niemand hat gewonnen, alle sind abgehauen, liegengeblieben sind Sie, festverschnürt in einem Zimmer, und zwei Tote auf dem Fußboden.»

«Zwei rivalisierende Banden hab ich nicht gesagt! Wie ich die Dinge sehe, gibt es nur diese beiden Typen, die beiden Toten, die mit mir im Haus waren, und die müssen sich gestritten haben, jeder hatte seine Vorstellung davon, was mit mir zu machen war und... und... und das war's», endete ich kläglich.

«Haben Sie denn nichts Glaubwürdigeres auf Lager?»

«Ich sage, wie es war! Für mich ist das auch unverständlich!»

Coccioli seufzte. Er trank seinen Kaffee aus. Er hauchte sein Uhrglas an und polierte es mit seinem rechten Ärmel. Er war nervtötend.

«Die Polizei haben Sie nicht gerufen», bemerkte er zum zweiten Mal.

«Ich hatte einen verdammten Schlag auf den Kopf bekommen», seufzte ich und befühlte meinen Schädel. «In der Bude gab's kein Telefon. Ich bin aufs Geratewohl losgerannt. Ich hab versucht, Autos anzuhalten, aber Sie wissen ja, wie die Leute sind. Als mich endlich eine Karre mitgenommen hat, wollte ich die Sache nicht noch komplizierter machen und fragen, ob man mich zur nächsten Gendarmerie fahren könnte. Ich hab mich nach Paris bringen lassen, und da bin ich nun.»

«Da sind Sie nun», wiederholte Coccioli und sah zweifelnd auf seine Uhr. «Finden Sie, daß Ihre Geschichte einen Sinn ergibt?»

«Nein. Aber so ist es passiert.»

In Wirklichkeit war sie zum Verzweifeln, meine Geschichte. Jetzt war ich mir sicher, daß ich im Kittchen landen würde. Aber Coccioli ließ sich Zeit. Ich nehme an, daß es ihm Spaß machte, mich schmoren zu lassen.

«Was wollten Sie von Alfonsino?»

«Sie wissen doch ganz genau, daß mich Gérard Sergent engagiert hat, um Erkundigungen über seine Schwester einzuholen. Da muß ich den Leuten doch Fragen stellen.»

«Da haben Sie ja den richtigen Augenblick abgepaßt. Zum Glück hat Sie die Concierge raufgehen sehen, und das Blut ist schon trocken.»

«Ich wär lieber früher gekommen und dem Mörder begegnet.»

«Glauben Sie, daß es bei Alfonsino und bei Louise Sergent derselbe Täter war?»

«Zwei Mörder, das wäre doch ein bißchen viel», bemerkte ich.

«Sie sind unlogisch, Tarpon. Sie haben mir gerade erzählt, daß sich heute nacht wegen Ihnen zwei Kerle gegenseitig umgebracht haben.»

Er hatte recht, ich war unlogisch. Ich machte ein beleidigtes Gesicht. Ich beschrieb ihm, wo ungefähr sich das Haus befand, in dem Carbone und Ford wahrscheinlich noch rumlagen. Er stand auf.

«Ich muß von hier aus telefonieren. Warten Sie.»

Er verzog sich. Ich wußte genau, daß jemand draußen stand, um sich an meine Fersen zu heften, falls ich mich verdrückte. Ich hatte keine Lust, mir einen Fluchtversuch anhängen zu lassen. Ich steckte so schon tief genug drin. Also bestellte ich noch ein Bier und noch einen Toast.

Als Coccioli vom Telefonieren zurückkam und mich noch immer dasitzen sah, machte er ein enttäuschtes Gesicht.

«Ich muß wieder hoch», seufzte er. «Das mit Ihrer einsamen Bruchbude überprüfen wir. Sie können hierbleiben und Ihr Mittagessen beenden. Kommen Sie dann nach.»

Er wollte unbedingt, daß ich verdufte.

«Ich komme mit hoch», sagte ich und stopfte mir schnell noch die letzte Hälfte von meinem Imbiß rein.

Er sah mich feindselig an. Ich spülte alles mit einem ordentlichen Schluck Bier runter, bezahlte mein Essen und den Kaffee vom Hilfssheriff, und dann gingen wir wieder hoch zu Alfonsino.

Die Flics hatten in der Zwischenzeit mächtig gearbeitet, aber nicht allzuviel herausbekommen. Sie hatten die Fotoapparate des seligen Eddy gefunden, eine beachtliche Sammlung in allen Größen und Formen, aber nicht die Spur eines Negativs. Das war natürlich auffällig.

Wir verließen gerade in dem Moment das Gebäude, als ein Leichenwagen kam, um den Toten abzutransportieren. Coccioli und der Hilfssheriff, dessen Namen ich nicht kannte, ließen mich in einen Simca 1000 einsteigen und nahmen mich mit.

In seinem Büro, genauer gesagt, in Coquelets Büro, erhielt Coccioli die Antwort auf seinen Anruf aus der Bar. Ich saß da und sah, wie er in den Hörer feixte. Er bedankte sich und hängte ein. Dann drehte er sich zu mir.

«Also, Tarpon, sind Sie verrückt oder was?»

Ich verstand den Sinn der Frage nicht. Und sagte es ihm.

«Führen Sie sich nicht so kindisch auf», befahl Coccioli.

«Wir haben sie gefunden, Ihre einsame Hütte. Es war niemand drin. Kein Lebender und auch kein Toter. Sie steht zum Verkauf, falls Sie das interessiert.»

Ich schüttelte verdutzt den Kopf.

«Die haben... Jemand muß saubergemacht haben», stammelte ich.

Coccioli erhob sich und schlug mit der flachen Hand auf den Schreibtisch. Er schien mich anbrüllen zu wollen, dann bekam sein Gesicht plötzlich einen sonderbaren Ausdruck. Er rieb sich die Nase. Anscheinend juckte sein Pflaster.

«Wer würde schon so eine Geschichte erfinden?» sagte er selbstvergessen mit verschwommenem Blick.

Ich riß die Hände hoch und den Mund auf, um deutlich zu machen, daß ich ganz seiner Meinung war. Coccioli setzte sich wieder, noch immer in Gedanken versunken.

«Hören Sie, Tarpon. Ich befolge hier lediglich die Anweisungen Coquelets. Verstehen Sie mich?»

«Ja.»

«Das soll nicht heißen, daß ich Ihnen nicht gern eine Chance geben würde.»

«Das weiß ich», beteuerte ich.

«Wenn Sie mir doch bloß sagen könnten, wo Memphis Charles ist», seufzte Coccioli.

«Wenn ich das bloß könnte!» stimmte ich ihm kopfnickend zu.

Er sah mich betrübt an.

«Wohin gehen Sie, wenn ich Sie jetzt laufenlasse?» hakte er nach.

«Andere Personen befragen, die Griselda Zapata gekannt haben. Andere als Alfonsino.»

Er wollte die Namen. Ich gab sie ihm. Er kannte sie schon. Sein Blick verfinsterte sich. Er sagte mir, daß er mich jetzt nicht gleich weglassen könnte, weil er ja trotzdem noch mal die ganze Sache mit mir durchgehen wollte, unter Brüdern, damit wir ganz sicher wären, auch nichts vergessen zu haben. Wir gingen alles durch. Mehrmals. Gegen fünf Uhr nachmittags wackelte ich nur noch mit dem Kopf hin und her. Coquelet kreuzte als Ablösung auf. Coccioli ging sich einen genehmigen.

«Coccioli ist ein furchtbarer Wirrkopf», erklärte mir Coquelet warmherzig und sympathisch. «Er will es immer zu gut machen. Das wird ihm noch mal das Genick brechen. Er ist zu gierig. Was mich betrifft, ich bin bereit, Sie bis zu Ihrer Vorführung beim Untersuchungsrichter nach Hause gehen zu lassen.»

«Gut», sagte ich.

«Sie müßten mir nur noch schnell sagen, wo Memphis Charles ist.»

«Das müßte ich erst mal können», betonte ich.

«Sie können nicht?»

«Ich kann nicht.»

«Berufsehre?»

«Unkenntnis.»

Auch er rieb sich nun die Nase, obwohl er kein Pflaster drauf hatte.

«Gut», sagte er. «Gehen wir alles noch mal von Anfang an durch.»

19

Um halb sieben abends schwenkten sie plötzlich um. In der Zwischenzeit hatten die Flics von Val d'Oise die abgelegene Hütte durchkämmt. Da waren keine Leichen mehr und auch keine Einschüsse (sogar die Tür war ausgewechselt worden), ich hingegen hatte zwei deutliche Fingerabdrücke hinterlassen und die kleine Memphis sogar massenweise. All das erfuhr ich aber erst später. Im Moment nahm ich lediglich die Mitteilung von Väterchen Coquelet zur Kenntnis, daß es mir freistünde zu gehen. Ich dachte, daß er die Zeit gebraucht hatte, um inzwischen ein feinmaschiges Bespitzelungsnetz für mich zu spinnen. Was natürlich auch stimmte!

Irgendwie war ich auf die Straße gekommen und lief nun in Richtung Place du Châtelet. Ich war ausgelaugt und naßgeschwitzt. Es war kühl und feucht, und ich zitterte. Ich war vollkommen durcheinander. Je weiter sich diese Geschichte entwickelte, desto weniger blickte ich durch.

Ich stieg die Treppen zur Metro runter. Für mich und mein aufgeweichtes Hirn war es sicherlich das beste, einfach mit dem geplanten Programm weiterzumachen. In der Metro wurde mir wenigstens gleich wieder warm.

Thunder Films, der Laden der beiden Produzenten Lyssenko und Vacher, lag in einer abschüssigen Straße westlich des Bahnhofs Saint-Lazare. Ich stieg in Saint-Lazare aus der Metro aus und versuchte, meine Verfolger zu erspähen. Keine Chance. Die lösten sich wahrscheinlich ab. Im Augenblick war mir das egal. Für später hatte ich noch eine kleine Extrarunde für sie.

Ich war ziemlich überrascht, daß die Büroräume von *Thunder Films* noch offen waren, weil es schon nach sieben Uhr war; aber so war es, die hatten tatsächlich noch nicht geschlossen, eine automatische Tür am Ende eines gepflasterten Hofs öffnete sich, und ich kam in ein mit Teppichboden ausgelegtes Vorzimmer, so groß wie meine Küche, mit einem kleinen Schreibtisch und Regalen. In den Regalen runde Dosen aus Weißblech oder Aluminium; an der Wand Filmplakate, Mädchen in Schnürmiedern, ganz außer sich in den Armen bulliger Männer und andere scharfe Sachen; hinter dem winzigen Schreibtisch saß an einer Schreibmaschine eine Sekretärin, überhaupt nicht sexy, graues Haar, leicht mumifiziert, aber munterer Blick. Ich sagte ihr, daß ich Monsieur Vacher oder Monsieur Lyssenko sprechen wollte.

«Haben Sie einen Termin?»

«Nein.»

«Sie sind außer Haus.»

«Ich muß sie heute abend noch sprechen», sagte ich.

«Wenn Sie die Statistenrolle wollen», meinte die Dame, «die ist schon vergeben.»

Ich sagte, daß ich kein Statist sein wollte, daß ich den Bruder von Griselda Zapata vertrat. Die Dame setzte eine Beileidsmiene auf.

«Die arme Kleine. Wie grauenvoll.»

Ich nickte.

«Trotzdem können Sie heute abend niemanden sprechen», fuhr sie im gleichen Atemzug fort, und ihre Beileidsmiene verflüchtigte sich. «Ich werde mir Ihren Namen notieren, und Sie können dann morgen nachmittag wegen einer Terminvereinbarung mit Monsieur Lyssenko telefonieren.»

«Und Vacher?» fragte ich. «Ist der nicht da?»

«Er ist in Deutschland unterwegs, Monsieur.»

Ich begriff, daß ich der Dame allmählich auf die Nerven ging.

«Und Lyssenko. Macht der auch in Deutschland die Runde?»

«Nein, aber er dreht.»

«Er dreht?»

«Einen Film, Monsieur.»

«Wo?»

«Sie dürfen ihn nicht stören, wenn er dreht.»

«Wollen Sie einen öffentlichen Skandal?» fragte ich.

Sie riß die Augen auf. Sie wußte nicht, wovon ich sprach. Ich wußte zwar auch nicht, wovon ich sprach, aber ich sah so aus, als ob ich es wüßte.

«Lyssenko wird es sicher vorziehen, mich diskret heute abend zu sehen, anstatt morgen in aller Frühe zusammen mit der Polizei», präzisierte ich mit einem höchst tückischen und bedrohlichen Gesicht.

Sie überlegte.

«Gut», seufzte sie mit tonloser Stimme. «Da es so dringend ist.»

Sie nannte mir eine Adresse in Garches.

«Da sind sie bis Mitternacht», fügte sie hinzu.

«Danke».

Ich hatte mich nicht gesetzt. Ich drehte mich um, ging durch die Automatiktür nach draußen und blieb stehen. Ich wartete dreißig Sekunden und trat wieder ein. Die Dame telefonierte gerade, sie hielt mit offenem Mund inne.

«Sagen Sie ihm, daß es ihm nichts nützt, wenn er versucht zu fliehen», meinte ich und verschwand durch die Tür.

Ich ging zu Fuß zum Bahnhof Saint-Lazare zurück. Nicht sonderlich intelligent, die Leute zum Spaß derart zu terrorisieren, aber nach der Sitzung bei den Flics brauchte ich was zur Entspannung.

Am Bahnhof nahm ich den Zug, nach dem Kauf einer Rückfahrkarte blieben mir knapp fünfzig Franc. Ich hatte immer noch den Scheck von Gérard Sergent in der Tasche. Es wäre nicht schlecht, ihn einzulösen, ehe der dicke Kerl beschloß, mich wegen Unfähigkeit zu feuern.

Im Zug versuchte ich, den oder die von der Begleitmannschaft zu erspähen. Coquelet konnte sein Netz noch nicht bis in die Vororte gesponnen haben. Ich durfte mich also darauf gefaßt machen, daß mehrere seiner Männer mit mir an Bord gegangen waren. Ich hatte meinen Spaß daran, mich durch die Menschenmasse im Zug vorwärts zu drängen, aber es gab jede Menge Leute, die das machten, die kurz vor der Abfahrt hinten im letzten Waggon aufsprangen und sich einen Weg nach vorn bahnten, um die Ausgänge in den Bahnhöfen, wo sie aussteigen wollten, schneller zu erreichen. Es war hoffnungslos.

In Garches stieg ich aus, und ein Haufen anderer Leute ebenfalls. Ich blieb auf dem Bahnsteig stehen, bis der Zug wieder anfuhr, was zwangsläufig eine Dreiteilung meines Schutzengeltrupps zur Folge hatte. Diejenigen, die für den Fall, daß ich wieder eingestiegen wäre, im Zug geblieben waren und nun abfuhren, war ich los. Die, die einen Zwischenstop im Wartesaal oder auf dem Klo eingelegt hatten und darauf warteten, daß ich mich von der Stelle bewegte, würde ich wahrscheinlich orten können. Und tatsächlich, als ich den Ausgang erreichte, sah ich, wie mir ein junger Schnauzbart nachhastete. Er überholte mich und verschwand außerhalb des Bahnhofs. Blieb noch die aus einem oder aus mehreren bestehende dritte Fraktion, der es gelungen war, unmittelbar nach dem Aussteigen den Bahnhof zu verlassen, und die nun dort auf mich wartete.

Ich orientierte mich, so gut es ging, an einem Stadtplan vor dem Bahnhof. Auf der Fahrt von Saint-Lazare nach Garches war allmählich die Nacht hereingebrochen. Es waren aber noch jede Menge Fußgänger und Autos unterwegs. Den jungen Schnauzbart sah ich nicht mehr.

Ich mußte lange laufen, um zu der Adresse zu kommen, die mir die Sekretärin von *Thunder Films* gegeben hatte. Als ich über eine Bordsteinkante stolperte und auf die Fresse flog, wurde mir klar, daß ich inzwischen wirklich erschöpft war. Ich stand wieder auf, bürstete mich ab und setzte meinen Weg fort. Was sollte ich sonst tun. Mein Knie tat verdammt weh.

Die Straßen wurden immer luxuriöser und vornehmer. Die Wohnsitze und kleinen Wohnanlagen rückten immer weiter von der Straße ab, um schließlich ganz hinter grünen Wänden zu verschwinden. Ich marschierte, so schnell ich konnte, damit meine Spitzel müde wurden. Man sah immer weniger Fußgänger und kaum noch Autos. Ich sichtete den jungen Schnauzbart wieder; und als mir innerhalb einer Viertelstunde nach zwei Kilometern dieselbe Hausfrau mit derselben Einkaufstasche begegnete, begriff ich, daß ich es zusätzlich noch mit einer Gehilfin zu tun hatte.

Kurz vor neun Uhr erreichte ich die angegebene Adresse. Eine weiße Villa in einem regelrechten Park. Das Anwesen nahm die gesamte Schnittfläche zwischen drei schräg aufeinander zulaufenden Straßen ein. Von außen war das stattliche Haus inmitten der ganzen Bäume und Strauchgruppen kaum noch zu erkennen. Doch man sah grelles Licht vor dem Haus. Scheinwerfer. Gestalten, ganz weiß im Licht, bewegten sich.

Ich ortete das Eingangsportal. Ich machte mich auf den Zugriff eines bissigen Türhüters gefaßt, aber nein, man konnte nach Belieben rein und raus, und ich war rasch bei der Traube Menschen angelangt, die um die Scheinwerfer herumturnten. Geblendet stolperte ich über irgend etwas und fiel nun innerhalb einer Dreiviertelstunde bereits zum zweiten Mal auf alle viere. Ich schürfte mir die Handflächen auf dem Kies auf. Ich war wütend.

«Da ist so ein Trottel über den Kamerawagen geflogen», verkündete eine empörte Stimme.

«Entschuldigen Sie», sagte ich, als ich aufstand und vehement den Kerl wegschubste, der mir helfen wollte. (Verdammter Mist, ich war doch wirklich noch kein Tattergreis.)

Ich erklärte, daß ich zu Lyssenko wollte. In diesem Augenblick brüllte jemand aus dem Haus raus, ob alle fertig wären. Alle antworteten «Ja!», auch mein Gegenüber, der mich daraufhin am Arm packte und zwischen zwei Büsche stieß.

«Stellen Sie sich da rein. Rühren Sie sich nicht. Warten Sie.»

Er ließ mich stehen und eilte einer geheimnisvollen Aufgabe entgegen. Ein großer Kerl in petrolblauem Anzug und blauweißgestreifter Krawatte kam mit großen Schritten aus einer Fenstertür des Hauses, überquerte die Terrasse und sprintete etwa zehn Meter über den Kies ins Dunkle, wo er mit Leuten was zu verhandeln schien. Ich sah nicht sehr viel und verstand noch viel weniger. Es gab alle möglichen romantisch befrachteten Ausrufe wie «Kamera ab», «Kamera läuft» und so, dann kam ein Mädchen aus dem Haus und schritt auf die Terrasse. Sie trug ein durchsichtiges Negligé und darunter einen roten Slip. Sie hatte ausladende Formen und ein Schafsgesicht. Der große blaugewandete Kerl im Dunkeln rief ihr ständig irgendwas zu.

«Weiter vor! Nicht so schnell! Laß den Blick schweifen! Du wirst unruhig! Du erschauerst gleich! Du greifst mit der Hand an den Hals und siehst forschend in die Nacht! Langsamer! Da! Du rufst ihn jetzt...»

«Fabrice?» rief das Mädchen mit scheppernder Stimme.

Niemand antwortete.

«Peng!» rief der Mann in Blau nach einem Augenblick Schweigen.

Das Mädchen stieß einen Schrei aus und griff sich mit beiden Händen an die üppige Brust. Ich war ungewöhnlich schockiert, als ich das Hämoglobin zwischen ihren Fingern herausspritzen sah. Sie fiel äußerst plump nach vorn, auf eine Matratze.

«Schnitt», befahl der Mann in Blau, und verschiedene Stimmen bestätigten, daß das gut gewesen sei, was wirklich nur so dahingesagt war, und jemand verkündete, daß er neu laden müßte. Das Licht wurde abgeblendet und alle begannen, zu quatschen und sich Zigaretten anzuzünden. Die Erschossene stand wieder auf und rannte ins Haus zurück. Bevor sie verschwand, mußte sie laut niesen.

«Scheiße», meinte sie, «hier holt man sich ja den Tod!»

Ich hielt den Augenblick für gekommen, zu dem großen Kerl in Blau zu gehen, natürlich nicht, ohne mich unterwegs in diversen Elektrokabeln zu verfangen.

«Monsieur Lyssenko?» fragte ich.

«Hmja? Was ist?»

Er blätterte gerade einen Stapel fotokopierter Seiten durch. Das Drehbuch, nahm ich an.

«Ihr richtet mir die 38 ein», befahl er seinem Gefolge, noch ehe ich ihm anworten konnte.

Das Gefolge stob auseinander.

«Dürfte ich kurz Ihre Zeit in Anspruch nehmen?» fragte ich. «Ich vertrete Griselda Zapatas Bruder.»

«Die arme Kleine», warf Lyssenko ohne innezuhalten ein. «Was für ein grauenvolles Ende. Wir mochten sie sehr. Folgen Sie mir.»

Mit einem Satz war er auf der Terrasse. Die lag gut fünfzig Zentimeter über dem Niveau des Parks, ich mußte mich mit einer Hand abstützen, um raufzuklettern. Lyssenko spurtete schon ins Haus. Ich hastete hinterher.

Wir kamen durch einen Salon mit lauter Kabeln, in dem

das in einen Tweedmantel gehüllte Opfer der vorigen Szene mit einem Zweimeter-Bantu Glühwein trank.

«Die 38 drehen wir in einer Viertelstunde», verkündete Lyssenko, ohne anzuhalten.

Wir verließen den Raum durch eine weiter hinten gelegene Tür. Ich folgte dem Mann auf einer winzigen Treppe. Oben ein Flur. Er öffnete eine Tür und trat zur Seite, um mich durchzulassen. Ich kam in eine Art Büro, in dem überall auf dem Teppich Papierbögen rumlagen. Ich hörte, wie Lyssenko hinter mir die Tür schloß, und fuhr herum, um sogleich seine schwere Faust aufs Kinn zu bekommen.

Ich landete an der Wand und stieß mir den Kopf.

«Na, du kleines Dreckschwein?» meinte Lyssenko und kam auf mich zu. «Ich soll also erpreßt werden?»

Er war etwa vierzig und unheimlich stämmig. Hundert Kilo Muskelmasse und Knochen auf ein Meter achtzig, grob geschätzt. Rosiger gesunder Teint, kurze Haare, kantiges Kinn, Hände wie Ambosse. Wenn ich mich beim ersten Schlag nicht weggedreht hätte, stünde ich jetzt vermutlich mit gebrochener Schnauze da. Ich zog meinen Kugelschreiber raus.

«Keinen Schritt weiter oder ich ramme Ihnen den ins Auge», sagte ich.

Er setzte gerade dazu an, mich an der Wand zu zerquetschen, zögerte dann aber. Den Satz hatte ich hysterisch gemeckert.

«Was soll denn das mit der Erpressung?» fragte ich in etwas gemäßigterem Ton.

Er tänzelte von einem Bein aufs andere und boxte sich mit einer Faust in die Innenfläche der anderen Hand. Die Ader in seiner Schläfe pochte. Ihm fiel es offenbar schwer, darauf zu verzichten, mich zu Brei zu schlagen. Mit der linken Hand zog ich meine Brieftasche raus und warf sie ihm zu.

«Sehen Sie rein. Dann nehme ich meinen Stift weg und

Sie Ihre Flossen, und dann können wir vielleicht friedlich miteinander reden.»

Er sah rein. Er beruhigte sich. Er setzte sich hinter den Schreibtisch und legte meine Brieftasche auf die Ecke. Er zog ein Schubfach auf und holte zwei Gläser, eine Karaffe und eine Zigarrenkiste raus und genehmigte sich schnell einen, sicher, um seine Nerven zu beruhigen. Dann goß er Schnaps in das andere Glas und schenkte seins wieder voll.

«Fangen wir noch mal von vorn an», sagte er. «Und, hmm, Entschuldigung. Wenn ich drehe, bin ich sehr nervös. Ich bin schließlich Künstler...»

Ich nickte. Er wirkte in etwa so kunstschaffend wie ein Fallschirmjägerregiment der Fremdenlegion. Ich löste mich von der Wand und blickte besorgt hinter mich, ob sich etwa meine Konturen reingedrückt hätten, wie immer in den Zeichentrickfilmen. Wellenartig strahlte der Schmerz von meinem Kiefer in den ganzen Kopf und in die Schultern.

«Was soll denn das mit der Erpressung», sagte ich noch mal und zog mit dem Fuß einen Stuhl zu mir ran.

Ich setzte mich. Er hielt mir über den Schreibtisch ein Glas hin. Ich sog den Duft ein. Armagnac. Davon würde es mit meinen Kopfschmerzen bestimmt nicht besser.

«Lassen wir das», sagte er. «Was führt Sie her? Sie vertreten den Bruder von Griselda Zapata, sagten Sie?»

Ich bejahte und meinte, daß ich versuchte, in dem Mordfall zu ermitteln, und seine Meinung darüber hören wollte. Er hob die Arme zum Himmel.

«Meine Meinung, Monsieur... hm, Tarpon? Aber ich hab keine Meinung! Ich bin ein anständiger Geschäftsmann, der sich um seine Geschäfte kümmert, und sonst nichts.»

Er sah auf seine Uhr.

«Ich würde Ihnen gern weiterhelfen. Aber bedauerlicherweise ...»

«Nein», sagte ich. «Ihnen ist das scheißegal.»

Er lachte. Er sah mich durch sein Lachen hindurch an.

«Privatdetektiv, was? Ich nehme mal an, wie in Romanen geht's da nicht unbedingt zu?»

«Nicht unbedingt», gab ich zu.

«Ich hab was für Sie, verdammt, und was ich da hab!»

Er lachte sich noch immer oder bereits im voraus kaputt. Das mußte wirklich ein verflucht guter Witz sein. Er bückte sich und griff nach einem neben dem Schreibtisch stehenden Aktenkoffer. Er legte ihn vor sich, öffnete ihn, nahm einen Umschlag heraus und zog aus dem Umschlag ein Foto und einen Brief. Beides hielt er mir hin.

Das Foto, Format 16 x 23, war in der Mitte gefaltet, damit es in den Umschlag paßte. Trotz des Knicks waren der regieführende Produzent und die falsche Blondine gut darauf zu erkennen. Griselda Zapata, wie sie leibte und lebte, und Lyssenko, ebenso frisch und munter, gaben sich hüllenlos auf eine äußerst merkwürdige Art der Fleischeslust hin – mit Himmelbett und einem Trapez.

«Sehen Sie sich den Brief an», sagte Lyssenko.

Ich legte schleunigst den Abzug weg und nahm die beigefügte, auf der Maschine getippte Nachricht in Augenschein, Elite-Typen, verschmutzt und abgenutzt, ein Blatt Basseau Extra Strong, 64 Gramm/m²-Papier, grob geschätzt. Kein Datum, weder Kopfzeile noch Unterschrift.

Versautes Dreckschwein (stand da) *auf dem Foto das ich dir beilege siehst du daß ich deine schändlichen Laster kenne Möchtest du daß diese Laster auf den Titelseiten der Zeitungen ausgebreitet werden oder willst du daß deine Frau ein Exemplar mit der Post oder unter der Tür durch erhält ICH WEISS ALLES ÜBER DICH VERRUCHTE SAU Du kannst dich mit Geld nicht wieder reinwaschen, denn die Reinheit gehört nur den Reinen Du sollst nur büßen Zuerst mußt du mit deinen Sauereien aufhören Dann mußt du zwei Millionen alte Franc von deiner Bank holen du mußt morgen um sechzehn Uhr damit aus deinem Büro gehen Du fährst mit dem Auto zum Bahnhof Montparnasse und hinterlegst die zwei Millionen in dem Schließfach der Gepäckaufbewahrung dessen Schlüssel ich beilege GENAU SIEBZEHN UHR Jede Bewegung wird überwacht Unternimm nichts um deinem SCHICKSAL zu entgehen aber BÜSSE BÜSSE DRECKSAU und ich werde verzeihen und das Negativ vernichten ICH SPUCKE AUF DICH*

«Der hier lag mit drin», sagte Lyssenko, als ich von dem Brief aufblickte, und ließ einen flachen Schlüssel in seiner Hand hochspringen. «Sie verstehen jetzt meine Reaktion von eben», meinte er noch. «Dieser Brief hat mich geärgert. Vorhin hat meine Sekretärin hier angerufen und mir gesagt, daß mich ein komischer Kerl sehen wollte, der gedroht hat, einen Skandal zu veranstalten. Ich habe mich geirrt.»

«Das hätten Sie mir nicht zeigen sollen», sagte ich. «Sie sind zu vertrauensselig.»

Er lachte schallend los.

«Was soll mir das denn ausmachen? Ich bumse junge Dinger? Na und? Der Typ, der meint, mich damit erpressen zu können, ist blöd und verklemmt. Ende der Durchsage.»

«Er könnte dafür sorgen, daß Sie zu Hause Schwierigkeiten bekommen», bohrte ich weiter.

Lyssenko lachte wieder schallend los.

«Dieser Bekloppte hat nicht die leiseste Ahnung, wovon er spricht. Ich bin seit sechs Jahren geschieden, und die Miezen, die ich mir halte, führen keine Eifersuchtsdramen auf. ‹Ich weiß alles über dich›, was der nicht sagt. Daß ich nicht lache.»

Er lachte. Ich ließ ihn lachen.

«Wann haben Sie das erhalten?» fragte ich, als er endlich aufgehört hatte zu lachen.

«Vorhin. Im Büro. Per Rohrpost.»

Er reichte mir den Umschlag. Die Sendung kam aus dem 17. Arrondissement in Paris. Nicht sehr weit weg von der Wohnung des verblichenen Alfonsino. Sie war um 14 Uhr abgegangen, als Alfonsino schon kalt und in den Pfoten der Polizei war. Wirklich interessant.

«Ich muß wieder runter», sagte Lyssenko und trank seinen Armagnac aus. «Ich hoffe, wenigstens Ihrem Geist für heute abend Nahrung verschafft zu haben. Ich verstehe schon, daß Sie mir gern einen Haufen Fragen über die kleine Griselda stellen würden, aber ich muß jetzt arbeiten. Wenn Sie mich morgen gegen mittag im Büro anrufen, können wir einen Termin vereinbaren.»

«Eine Sekunde noch», meinte ich. «Kennen Sie einen gewissen Eddy Alfonsino?»

«Ja.»

«Könnte er dieses Foto gemacht haben?»

Lyssenko war aufgestanden. Er zog seine dunklen Augenbrauen zusammen, und ich sah, daß er sein Gedächtnis befragte oder zumindest überzeugend so tat als ob.

«Eddy Alfonsino würde nie so einen Brief schreiben. Er ist zwar ein Idiot, aber nicht blöd.»

«Das hab ich Sie nicht gefragt.»

Er grübelte erneut. Dann:

«Ja», seufzte er. «Eddy könnte das Foto geschossen haben. Die kleine fiese Ratte.»

«Ist die Sache schon lange her?»

«Acht Monate. Während der Dreharbeiten zu *Verbotene Zärtlichkeiten*. Aber glauben Sie mir, er hat den Brief nicht abgeschickt.»

«Ich weiß», sagte ich.

Er zog eine Braue hoch, fragte aber nicht weiter nach. Ich steckte meine Papiere wieder ein, er räumte den Brief und das widerliche Foto weg, und wir gingen zusammen ins Erdgeschoß zurück. Ich durfte hier keine Wurzeln schlagen. Ich war ja schließlich kein Vertreter des Gesetzes, wie man so sagt. Also meinte ich, ja, ich würde ihn morgen gegen Mittag anrufen. Und fragte, ob er sich bis dahin diskret erkundigen könnte, ob noch andere Leute aus den gleichen Kreisen heute nachmittag Sendungen dieser Art erhalten hatten. Zerstreut versprach er mir, es zu tun. Ich wußte ganz genau, daß er es nicht tun würde. Wir gingen auseinander. Es war zehn Uhr abends, und ich wollte den Heuler nicht allzu lange warten lassen.

20

Zwischenzeitlich hatte sich mein schnauzbärtiger Beschatter im Dunkeln hinter den geparkten Autos graue Haare wachsen lassen. Zum Heuler wollte ich den nicht mitschleppen, und auch keinen seiner Spielkameraden. Der abgewrackte Osmane könnte mir das übelnehmen, wenn die Burschen da auftauchten, oder aber *The Coquelet's boys* könnten plötzlich beschließen, den Abgewrackten hochzunehmen, um ihm ein paar Fragen zu stellen. Alles Dinge, die mir nicht in den Kram paßten.

Trotzdem marschierte ich zunächst in aller Ruhe zurück zum Bahnhof in Garches. Meine Begleiter hatten also genügend Zeit, sich wieder um mich zu scharen und sich zu beruhigen. Als ich in den Zug nach Saint-Lazare stieg, sah ich den Schnauzbärtigen ebenfalls einsteigen, wie auch die suspekte und immer noch mit Einkaufstasche bepackte Hausfrau nebst zwei oder drei anderen nicht ganz astreinen Gestalten.

Sie dürften sehr überrascht gewesen sein, als ich an der finsteren Station Bécon-les-Bruyères, während sich die Türen gerade schlossen und der Zug bereits wieder anfuhr, plötzlich zwischen den Türflügeln durchhechtete, auf den Bahnsteig sprang und zum Ausgang rannte. Da stand nicht mal mehr ein Fahrkartenknipser, als ich blitzschnell an der Stelle vorbeizischte, wo eigentlich einer hätte stehen müssen. Ich blickte kurz über meine Schulter und sah von weitem den nicht abzuschüttelnden Schnauzbart hinterhergaloppieren. Sonst niemanden. Ich schoß raus auf die Straße. Mir taten das eine Knie und der Kopf weh, und die Beine schlotterten. Ich rannte. Mehrere Kilometer. Meine Pumpe überschlug sich fast, als ich die Brücke von Levallois langsprintete. An der Brücke gibt es ja eine gleichnamige Endhaltestelle der Metro. Ich hatte Tickets in der Tasche. Ich stürzte auf den Bahnsteig. Endlich mal Glück im Unglück: eine Bahn kurz vor dem Start. Ich katapultierte mich rein. Meine Lunge pfiff. Ich ließ mich auf einen Sitz fallen. Die Bahn setzte sich in Bewegung. Ich legte meine heiße Stirn an die kühle Scheibe und sah meinen Schnauzbart blau vor Wut und rot vor Erschöpfung dastehen; auf die Kletterpartie über die automatische Bahnsteigsperre verzichtete er. Der Zug fädelte sich in die dunklen Tunnel ein.

An der Station Péreire sprintete ich abermals, und zwar aus der Metro raus und durch die Straßen. Haymanns Aronde wartete noch brav an der Stelle, wo ich ihn stehengelassen hatte, als ich zum verblichenen Alfonsino raufgegangen war. Ich sprang an Bord, ohne den an der Windschutzscheibe prangenden Strafzettel abzunehmen. Das gute Stück startete beim vierten Versuch. Kurs: Richtung Champ-de-Mars.

Keine hundert Meter vom Hilton entfernt fand ich einen Parkplatz, auf einem Fußgängerüberweg. Konnte einem ja allmählich Angst machen, diese Glückssträhne.

Als ich das Hotel betrat, kam ein junger Kerl raus, den ich ganz bestimmt schon mal auf einem Plakat gesehen hatte. Begleitet wurde er von einem Gefolge gleichaltriger Burschen in karierten Anzügen und einer Masse Kofferträger, und einige Fotografen blitzten eifrig drauflos. Der Kerl und sein Gefolge klemmten sich in zwei chromglänzende schnittige Silver Ghost. Na denn, in einem solchen Etablissement konnte mir ja nichts passieren. Ich gelangte zur Rezeption.

Man betrachtete mich etwas reserviert, weil ich ziemlich zerknautscht aussah. Tarpon, aber ja, es sei eine Nachricht für mich da. Ein gewisser Louis Caruso würde mich an der Bar des Restaurants auf der Dachterrasse erwarten.

Ich nahm den Fahrstuhl. Punkt 23 Uhr betrat ich das Restaurant. Ein Haufen Leute aßen da zu dieser ziemlich unchristlichen Zeit, und Stéphane Grappelly spielte *Sweet Georgia Brown*. Caruso tauchte augenblicklich auf, noch ehe das Personal sich anschickte, mich an einen Tisch zu lotsen (oder mich zurückzudrängen, weil ich ihnen nicht so ganz sauber vorkam). Ganz anders kam natürlich Saubermann Caruso daher. Der trug einen lachsfarbenen Smoking, wie einer aus einem Tanzorchester. Er sah mich feindselig an.

«Wir machen den Abgang», sagte er.

Er sprach mit noch mehr Akzent als unser leider viel zu früh verstorbener Opa Ruger. Ich zögerte.

«Wir nur gehen in Apartment hier», präzisierte er. «Ist besser, damit Sie haben eine freundschaftliche Konversation, nein?»

Ich war einverstanden. Noch mal, so ein schönes Etablissement, ich konnte mir nicht vorstellen, hier umgelegt zu werden. Wir nahmen zusammen den Fahrstuhl. Drei oder vier Etagen tiefer stiegen wir aus, gingen durch einen langen, vollkommen fensterlosen Flur, in dem ich ein bißchen Platzangst bekam. Oder sagen wir mal Schiß. Caruso klingelte an einer Tür. Der Kerl, den ich am Steuer des Mercedes gesehen hatte, machte auf. Wir traten in ein Vorzimmer.

«Möchten Sie erlauben?» fragte Caruso und begann mich überall abzutasten.

Ich seufzte, machte meine Armbanduhr ab, holte meinen

Kugelschreiber, meine Schlüssel und Haymanns Zündschlüssel raus und gab ihm alles.

«Wollen Sie nicht auch noch meinen Gürtel und meine Schnürsenkel?» fragte ich.

«Nein, danke», sagte der Fahrer des Mercedes. «Kommen Sie.»

Wir gingen aus dem Vorzimmer in ein Appartement. Ein schönes Appartement mit einem Balkon, von dem aus man den beleuchteten Eiffelturm sah. Der Heuler saß in einem Ledersessel vor einem niedrigen Tisch mit einer Flasche Martell, mehreren Gläsern, einem Siphon und einem Kübel mit Eiswürfeln. Er heulte nicht mehr. Seine großen Augen waren noch immer blutunterlaufen, aber sonst kam er mir normaler vor als neulich. Und anständiger. Er war glattrasiert, und ich hatte ihn im Verdacht, ein bißchen Puder aufgelegt zu haben, doch weibisch wirkte er nicht. Er trug eine Hausjacke aus feuerroter Seide, schwarze Hosen und ein frisch gebügeltes, kragenloses weißes Hemd. Er rauchte eine Manila. Er blickte mich an.

«Guten Tag, Monsieur Tarpon», sagte er um Präzision bemüht, ohne erkennbaren Akzent.

Ich nickte zum Gruß und durchquerte den weiträumigen Salon.

«Wie ich sehe, haben Sie meine Nachricht erhalten», bemerkte ich und nahm den anderen Sessel in Beschlag.

Ich setzte mich und versuchte selbstsicher zu wirken. Der Heuler betrachtete mich nachdenklich. Caruso und der andere standen an die Tür gelehnt. Der Heuler gab ihnen einen Wink, und sie gingen raus. Dann betrachtete er mich weiter und schwieg. Wurde das wieder so eine Sitzung?

«Wird das wieder so eine Sitzung?» fragte ich.

«Wieder so eine Sitzung? Ich verstehe nicht», äußerte der Mann. «Monsieur Tarpon, Sie müssen entschuldigen, daß sich mein Verständnis des Französischen auf gebrauchige Ausdrücke, einen bestimmten basischen Jargon und auf die Business-Sprache beschränkt. Jetzt erklären Sie mir. Wieder so eine Sitzung?»

«Sie werden mich nicht wieder anblicken, ohne was zu sagen, nein?»

«Nein, in Wirklichkeit.»

«Wer sind Sie denn überhaupt?» fragte ich.

«Ich nenne mich Marius Gorizia. Ich bin amerikanischer Staatsbürger. Ich bin ein mächtiger Geschäftsmann, wenn ich so sagen darf.»

«Von mir aus dürfen Sie.»

«Verschonen Sie mich mit jämmerlichen Scherzen», befahl er mit ausdrucksloser Stimme. «Ich bin sehr nervös erschüttert. Ich suche jemanden, um ihn zu zerstören. Ich bin bereit, mehrere Personen zu zerstören, wenn das nötig ist. Ich bin nicht amüsiert über Sie. Ihre Existenz bedeutet nichts für mich als eine Last. Verstehen Sie mich?»

«Ich verstehe, was Sie sagen.»

«Wenn Sie den Inhalt meiner Worte irrsinnig finden», erklärte er, «dann, weil Sie meine Macht nicht kennen.»

«Das kann sein», sagte ich. «Haben Sie die Leichen Ihrer beiden Handlanger verschwinden lassen? Hat Sie das so nervös erschüttert?»

«Ich bin nicht amüsiert!»

Er schrie.

«Ich auch nicht!» brüllte ich zurück.

Er schlug mit der flachen Hand seinem Sessel mehrmals heftig in die Seiten. Er zitterte. Offensichtlich vor Wut. Er wirkte wie ein zorniges, hinterhältiges Kind. Der Kerl machte mir ein bißchen angst. Ganz unvermittelt beruhigte er sich wieder.

«Ja, in der Tat», seufzte er. «Ford und Carbone sind weggetragen und zerstört worden. Die interessieren uns nicht mehr. Sie interessieren mich aber.»

«Sie interessieren mich auch», antwortete ich höflich.

«Ich will Memphis Charles», sagte Marius Gorizia.

Ich massierte mein Knie. Es tat immer noch weh.

«Wozu?» fragte ich.

Er antwortete nicht.

«Um sie zu zerstören?» half ich nach.

«Sie müssen wissen, wo sie ist», behauptete er, ohne meine Frage zu beantworten. «Ich kaufe die Information von Ihnen.»

«Eine Million neue Franc», rief ich.

Er dachte nach. Ehrlich, er dachte ernsthaft darüber nach! Dann schüttelte er den Kopf.

«Nein, Sie scherzen. Das ist zuviel. Fünfzigtausend Franc, mehr biete ich nicht. Letztes Angebot. Ich kann die Information auch mit weniger rücksichtsvollen Mitteln bekommen, aber ich nehme lieber den einfachen Weg mit Geld, dafür bekommt man alles.»

«Sie erlauben?» fragte ich und goß mir einen Cognac ein, ohne die Antwort abzuwarten. «Sagen Sie mir, was Sie von Memphis Charles wollen.»

«Ich will Sie anblicken.»

«So, wie Sie mich angeblickt haben?»

«Genau.»

Das war kein Scherz. Der war verrückt.

«Und sonst nichts?» fragte ich.

«Alles weitere hängt davon ab, was ich sehe, wenn ich sie anblicke.»

Er erhob sein Glas in meine Richtung.

«Zur Gesundheit!» meinte er noch herzlich und kippte den Cognac in einem Zug runter.

Ich schlürfte einen kleinen Schluck von meinem. Wie lange wäre man mit fünfzig Mille alle Sorgen los? Marius Gorizia, denke ich mal, verjubelte die Summe in einer Woche. Es gab Leute, die hätten ein Jahr dafür gebraucht. Ich hingegen, selbst mal angenommen, ich kaufte mir ein Auto, könnte zwei Jahre davon leben, so wie jetzt. Und dabei noch einen Monat Urlaub machen, in einem guten Hotel am Mittelmeer. Ich trank noch einen Schluck Cognac. Wie lange kann man mit fünfzig Mille und der Erinnerung daran leben, daß man jemanden verkauft hat? Antwort: Nicht genügend Speicherplatz vorhanden, wie es auf dem Computer bei Freunden von mir immer heißt.

«Was wollen Sie?»

«Aber das habe ich Ihnen doch gerade gesagt.»

«Nein. Was wollen Sie wirklich?»

Sein Gesicht verkrampfte sich. Er goß sich noch einen Cognac ein und hätte ihn beinahe getrunken, doch er stellte sein Glas wieder ab.

«Ich will den Mörder des kleinen Mädchens zerstören», meinte er dumpf.

Kleines Mädchen, ich hätte mich da vielleicht ein bißchen anders ausgedrückt.

«Griselda Zapata?» wollte ich nur noch mal bestätigt wissen.

Er bestätigte es mir. Ich trank mein Glas aus.

«Warum?»

Er schüttelte den Kopf.

«Sie sagen mir nicht die Wahrheit, Sie sagen mir über nichts die Wahrheit!» meinte ich wütend, und meine Wut überraschte mich, ich verstand nicht, warum ich mich plötzlich so erregt fühlte und mir so heiß war.

Er sah mich scharf an und erhob sich aus seinem Sessel. Er kam auf mich zu. Ich wollte aufstehen. Er drückte seine Hand auf mein Gesicht, seine Finger schlossen sich um meinen Kiefer. Er stieß mich zur Seite. Ich versuchte mich zu wehren, dabei entglitt mir das Cognacglas und wirbelte durch die Luft; es zerplatzte auf dem Beistelltisch. Marius Gorizia kippte mich über die Sessellehne, und ich landete rücklings auf dem Teppichboden. Ich wollte wieder aufstehen, aber ich konnte nicht. Der Cognac. Da war was drin. In meinem Glas. Ich sah die Scherben auf dem Tisch hoch über mir.

«Dreckskerl», brachte ich gerade noch raus.

Der Abgewrackte lachte leise, liebevoll. Er kniete auf allen vieren auf dem Teppichboden, über mich gebeugt. Ich roch sein Aftershave.

«Sie sind jetzt ganz entspannt», schnurrte er. «Ich bin Ihr Freund. Sie müssen die wohlige Wärme in sich reinlassen.»

Er drückte mir Arme und Beine an den Körper und rollte mich langsam auf die Seite. Er stand für einen Augenblick wieder auf, dann wurde ich in einen warmen seidigen Stoff eingehüllt, anscheinend ein Morgenmantel.

«Sie werden wieder ganz weich, ganz klein, ein Embryo», murmelte mir Marius Gorizia ins Ohr. «Sie sind wieder im Bauch Ihrer Mama. Es ist warm. Es ist flüssig. Sie gibt es noch nicht. Sie haben keine Verantwortung mehr. Ich bin Ihr Freund. Sie können mich alles fragen. Sie können mir alles sagen. Ich bin Ihre liebe Mama.»

Ich wußte noch, daß nicht stimmte, was er mir da sagte; doch die dazugehörigen Bilder in meinem Kopf wurden immer gestaltloser, blasser, rückten immer weiter weg. Ich wußte, daß ich nicht loslassen durfte. Mir gelang es aber nicht, mich an etwas festzuhalten. Ich fühlte mich gut. Gut. Warm. Unschuldig. Ich war unschuldig.

Das war es!

Daran konnte ich mich festhalten, Herrgott noch mal!

Unschuldig. Von wegen! Lärm und Schweiß. Gebrüll. Spruchbänder. Lieber reich und gesund als krank und Bretone. Gebrüll. Wurfgeschosse. Foran bekommt verfaultes Gemüse ab. Sein Gesicht ist ganz bespritzt. Er flucht, aber ich verstehe ihn nicht im Geschrei der Menge. Ein gräßliches Gesicht, aber nicht wegen des Gemüses, sein Ausdruck ist so schlimm. Haß. Schreie. Haß. Haß. Ich. Haß. Eine Granate auf meiner Knarre. Schreie. Pflasterstein. Schlag. Blut. Schuß. Treffer. Blut. Blut. Tot. Ziehen Sie sich in die Präfektur zurück, verdammte Scheiße!

Ich zog mich in die Präfektur zurück, wo lange nur Dunkel und Stille herrschte, lange, sehr lange ...

«... nichts herauszubekommen, der läßt nicht los», sagte Marius Gorizia.

Ich verstand, was er sagte. Obwohl er Amerikanisch sprach. Ich hatte ein bißchen Englisch in der Schule. Ich hatte zwar alles vergessen, aber ich denke mal, wenn bei einem was aufgewühlt wird, kommen eine Menge Sachen wieder hoch, wie in einem Teich. Marius Gorizia sprach mit jemandem. Momentan schnappte ich nur Bruchstücke auf. Doch ich bewegte mich langsam wieder in die Wirklichkeit zurück. In das Jetzt. An die Oberfläche des Teichs. Es war vorbei mit dem kurzzeitigen Beherrschen von Fremdsprachen. Ich war furchtbar verkatert. Mir klebte die Zunge am Gaumen. Ich lag schweißgebadet und in den Morgenmantel gewickelt am Boden. Der Schweiß rann mir in die Augen und in den Mund. Ich schloß meinen Mund. Eine andere Stimme als die von Gorizia sprach. Ich hatte die Augen geschlossen, spürte aber, daß jemand über mich gebeugt war und ein Stethoskop auf mein Herz drückte. Ich blinzelte mehrmals. Der Typ erhob sich. Ein junger Kerl, Tweedanzug, schwarzgefaßte Brille mit rechteckigen Gläsern, Ledertasche. Er trat einen Schritt zurück, blickte auf mich runter und drehte sich dann weg, um einige Worte mit Gorizia zu wechseln, der sehr niedergeschlagen und müde aussah. Gleich danach ging der junge Kerl. Gorizia beugte sich wieder über mich und hielt mir ein Glas Cognac hin.

«In dem sind keine Drogen», versicherte er, und ich glaubte ihm, weil es so klang, als ob er besiegt worden wäre.

Ich trank. Das Zeug brannte im Mund und lief warm durch den Bauch.

Ich schloß für einen kurzen Moment wieder die Augen. Ich hörte, wie Gorizia mir erklärte, daß ich ihm angst gemacht hätte, weil ich im Schlaf Krämpfe bekommen hätte.

Anscheinend entspannten sich die Leute immer, wenn ihnen der liebe Marius seinen Problemlösungstrank kredenzte. Und dann hatte ich viel zu tief geschlafen. Deshalb hatte er schließlich seinen Leibarzt gerufen. Sehr nett von ihm.

«Sie wollen mir also wirklich nicht sagen, wo Memphis Charles ist?»

«Nein», gelang es mir hervorzustoßen.

«Verstehen Sie, Tarpon», sagte Marius. «Ich will nur Gerechtigkeit schaffen. Ich will nur den Mörder des kleinen Mädchens finden. Die beiden ersten, an die ich gedacht habe, das waren Sie und der alte Reporter, Haymann, nicht wahr? Weil Sie am Tatort waren. Aber Haymann ist nicht möglich, weil er im Kommissariat war, als der Mord begangen wurde. Und Sie, Sie habe ich angeblickt, und ich weiß, daß Sie kein Mörder sind, der zu so was fähig ist.»

«Ich hab mal jemanden umgebracht», stammelte ich. «Und ich hab Patrick Ford getötet.»

«Ich weiß, ja», murmelte Marius. «Aber die Umstände waren anders. Ich habe Informationen über Sie bekommen, und ich weiß, daß das anders war. Ich habe Sie eine lange Zeit angeblickt, und ich weiß, daß Sie das kleine Mädchen nicht getötet haben.»

«Sie wissen das, hm?» rief ich bissig. «So einfach ist das? Ein Blick, und Sie wissen, was alles in einem Kerl vorgeht?»

«Das habe ich so nicht gesagt.»

Stimmt, so hatte er es nicht gesagt. Ich seufzte. Es war mir gelungen, mich aufzusetzen. Mir taten alle Glieder weh. Ich trank noch mal Cognac.

«Wollen Sie Kaffee?» fragte mich Marius.

Ich nickte. Er nahm den Telefonhörer ab und bestellte unten Kaffee. Während er telefonierte blickte ich ihn an. Seine Wangen waren stoppelig.

«Verdammt!» meinte ich. «Wie spät ist es?»

Gleichzeitig registrierte ich, daß es, obwohl im Zimmer Licht brannte, hinter den Vorhängen hell war. Ich wollte aufstehen, fiel aber wieder auf den Teppichboden.

«Strengen Sie sich nicht an», sagte Marius und hängte das Telefon wieder ein. «Ihr Herz ist nicht fit. Wegen der Droge. Bitte entschuldigen Sie.»

«Wie spät ist es, verdammt noch mal?» fragte ich wieder. «Wo ist meine Uhr, du Dreckskerl?»

«Es ist mittag.»

Ich war sprachlos.

«Ja», sagte Marius. «Die Sache hat wirklich sehr lange gedauert. Deshalb versichere ich Ihnen, daß ich unruhig wurde und meinen Arzt gerufen habe.»

Zwölf Stunden weggetreten! Mit Krämpfen! Kein Wunder, daß ich wie gerädert war. Als ich hergekommen war, hatte ich angenommen, das Ganze würde vielleicht eine knappe Viertelstunde dauern...

«Ich muß telefonieren», stammelte ich.

Ich mußte Memphis Charles anrufen. Aber ich konnte nicht. Nicht von hier aus. Ich mußte Stanislavski anrufen. Ihm sagen, daß er der Kleinen nicht durchgeben sollte, worum ich ihn gebeten hatte. Hoffentlich war es noch nicht zu spät.

«Ich werde Ihre Nummer verlangen», sagte mir Marius hilfsbereit.

Ich blickte ihn an. Ich spürte, wie die Muskeln in meinem Gesicht schlaff wurden.

«Nicht nötig», sagte ich.

Als der Kaffee gebracht wurde, schaffte ich es, mich hinzuknien, Marius beobachtete meine Anstrengungen mit vorwurfsvollem Gesicht. Caruso kam mit dem Tablett aus dem Vorzimmer, wo er den Kellner abgefangen hatte, und stellte es uns auf den kleinen Tisch. Ich trank genüßlich. Caruso ging wieder raus. Ich goß mir drei Tassen hintereinander ein. Das brachte meine Nerven wieder auf Vordermann. Ich klammerte mich an den Sessel, stand auf und schüttelte dabei den Kopf, um mein Hirn von den restlichen Spinnweben zu befreien.

«Ich gehe», behauptete ich.

«Sie haben mir nicht gesagt, wo Memphis Charles zu finden ist.»

«Ich werde es Ihnen nicht sagen.»

«Ich will sie nur anblicken, ich garantiere Ihnen, Tarpon. Ich werde wissen, ob sie die Schlächterin sein kann, ja, ich werde es wissen.»

«Sie haben in Ihrem Leben wohl schon viele Schlächter gesehen?» meinte ich ironisch.

Die Ironie ging ganz verloren. Marius nickte ernst.

«Ja. Natürlich, ja», sagte er.

«Welche Sorte Geschäftsmann sind Sie?» fragte ich. «Einer von der Mafia?»

«Mafia, organisiertes Verbrechen, all das ist Blödsinn. Aber ich habe viele Schlächter gesehen, ja. Ich werde es zu erkennen wissen.»

«Hat Griselda Zapata Sie erpreßt?» fragte ich aus einer pötzlichen Eingebung heraus.

Er sah mich fassungslos an.

«Sie sind verrückt!» schrie er. «Mein kleines Mädchen!»

21

Er fing wieder zu heulen an.

Erst jetzt begriff ich, daß es sich nicht um eine Allergie handelte, wie ich zwei Tage zuvor gedacht hatte. Er heulte wie beim letzten Mal in seinem Spielkram-Mercedes. Wasser quoll aus seinen Augen, lief über sein Gesicht, tropfte von seinem Kinn auf den Teppichboden. Was hatte er kurz oder ein paar Stunden zuvor gesagt? Sehr nervös erschüttert. Ja.

Er setzte sich in seinen Sessel und schneuzte in ein seidenes Taschentuch.

«... Kk... Kann nicht mehr ... s ... sprechen», erklärte er ziemlich friedfertig.

Ich schaute ihm beim Weinen zu. Ich fühlte mich beschissen. Dieser Marius Gorizia war sicherlich ein ganz großer Schweinehund. Aber er tat mir leid. Da kam mein bäuerliches Erbgut wieder durch, vermute ich. Familiensinn und Trauer konnte ich nachvollziehen. Ich räusperte mich.

«Louise Sergent, Ihr Mädchen, Ihre Tochter.»

Er nickte und versprengte dabei Tränen nach allen Seiten. Dann stand er unvermittelt auf. Er ging zu einem Möbelstück mit Schubfächern. Riß ein Schubfach auf. Holte eine schwarze Pappschachtel raus, die an den Seiten mit freimaurerisch anmutenden weißen Zeichen verziert war. Er entnahm der Schachtel einen mehrfarbigen Holzwürfel. Als er mit dem Daumen auf den Würfel drückte, sprang dieser auseinander. Gezahnte bunte Stäbchen purzelten auf den Teppichboden. Marius sammelte die Stäbchen ein, setzte sich wieder mir gegenüber in den Sessel und fing an, die Stäbchen zusammenzustecken und den Würfel wieder aufzubauen. An der Längsseite der Pappschachtel stand *Geduldspiel – Der Nervtöter*. Ich nahm mal an, daß Marius das zur Beruhigung brauchte.

«Ich war Hauptmann in der Armee der Vereinigten Staaten zu dieser Zeit», sagte er. «Große Götter, diese Madame Sergent war nur eine erbärmliche Hure!»

Er hatte fast geschrien. Wahrscheinlich auch ein Mittel, um seine Nerven zu beruhigen, nahm ich an. Und während er sprach, steckte er weiter seine verschieden geformten Stäbchen zusammen, fügte eins ins andere, fast ohne hinzusehen.

«Der Vater, das heißt Monsieur Sergent, hat sich am Ende doch aufgehangen, nicht wahr?» bemerkte er beiläufig. «Das Mädchen war nicht von ihm. Der Junge auch nicht. Die Leute lachten. Armer kleiner französischer Bauerntrottel.»

«Sind Sie auch der Vater von Gérard?» fragte ich.

«Gérard?» (Er sah verblüfft aus.) «Ach, der kleine Bruder. Nein. Nein. Ich war schon seit einiger Zeit abgerückt. Später empfange ich die Nachricht. Ich halte mich auf dem laufenden. Ich werde immer wichtiger in Amerika, nicht wahr? Ich habe nicht Zeit, mich um mein kleines Mädchen zu kümmern. Man muß mich entschuldigen.»

Ich nickte. Schien mir hier angebracht. Er erzählte weiter.

«Nur dieses Jahr kann ich kommen. Ich hätte gar nicht gedurft, vielleicht. Das ist gefährlich für meine Geschäfte in den Vereinigten Staaten, wenn ich nicht da bin. Aber ich komme, weil ich weiß, daß meine Kleine in ... in einer Patsche sitzt, so sagen Sie doch?»

«In der Patsche sitzt», meinte ich zustimmend. «Sie hatte Ärger.»

«Filme im Blaulichtmilieu», präzisierte er.

«Rotlicht», korrigierte ich.

«Filme im Rotlichtmilieu. Und ihre Freunde. Verdorben, hm? Eddy Alfonsino und Leute seiner Sorte. Ich komme also. Sie weiß nicht, daß ich ihr Papa bin, sehen Sie. Ich lasse zuerst überwachen, bevor ich sie sehe. Genau an dem Abend, wo die Überwachung beginnt, wird sie getötet.»

Sein Geduldsprobe-Würfel war fertig. Er warf ihn in eine Ecke des Zimmers. Der Würfel zerfiel abermals in etwa zwei Dutzend kleine Stäbe. Marius breitete die Arme aus.

«Getötet», wiederholte er.

Und fing wieder wie ein Schloßhund zu heulen an. Seine Lippen bewegten sich, es gelang ihm aber nicht, etwas auszusprechen. Sein Leid berührte mich nun nicht mehr. Ich goß mir noch einen Cognac in die Kaffeetasse und kippte ihn runter.

«Und Sie wollen den Mörder», sagte ich. «Um ihn zu zerstören.»

Er nickte und tupfte sich dabei das Gesicht mit dem Taschentuch trocken.

«Sie denken, daß es vielleicht Memphis Charles war», ergänzte ich.

«Und Sie, Tarpon, Sie denken das nicht?»

«Nein.»

«Können Sie beweisen?»

Ich zuckte mit den Schultern.

«Das ist wegen der falschen Vergewaltigung», erklärte er. «Wie eine Frau, die nur so tun würde, damit das Verbrechen wie von einem Mann aussieht. Verstehen Sie? Wissen Sie?»

«Ich weiß», sagte ich. «Und Sie? Woher wissen Sie es?»

«Ach, Tarpon», seufzte er. «Ich sage Ihnen, ich bin mächtig. Ich will Informationen, ich bekomme sie.»

Er wackelte zwar energisch mit dem Kopf, schien aber vollkommen fertig zu sein. Im Endeffekt ein sonderbares Verhör, das sich ins Gegenteil verkehrt hatte. Ich will sagen, daß ich mit neuen Erkenntnissen daraus hervorgehen sollte, während der gute alte Marius nicht mehr weiter wußte. Ich stand auf. Jetzt konnte ich mich problemlos bewegen.

«Ich muß wirklich gehen», sagte ich.

«Nein», murmelte er. «Ich will Memphis Charles, sofort. Je weniger Sie sie mir geben wollen, desto mehr denke ich, daß ich sie brauche. Verstehen Sie?»

Ich verstand.

«Ich verstehe», sagte ich. «Trotzdem, nein. Und ich gehe jetzt.»

«Luigi!» plärrte der gute alte Marius.

Die Tür des Vorzimmers flog unverzüglich auf, und bewußter Louis Caruso kam rein. Der liebe Marius sagte was auf Amerikanisch. Caruso sah mich an, und Genugtuung erhellte seinen Blick. Er stapfte auf mich zu.

«Wir werden uns doch hier nicht prügeln», gab ich zu bedenken. «Nicht im *Hilton*. Sie werden eingebuchtet, mein Lieber.»

Caruso kam immer näher, und ich wich in Richtung Fenster zurück. Mit schnellem Griff zog er aus seiner Seitentasche ein weiteres Prachtstück seiner Werkzeugsammlung. Einen Colt New Police Python. Der machte ein Loch, so groß wie sein Name lang war. Nicht mal ein Schalldämpfer, aber der hätte auf einem Revolver ja auch nicht allzuviel genützt. Ich hatte Angst, große Angst. Der Gong ertönte, das Telefon meine ich.

Caruso blieb stehen. Er kniff krampfartig die Lider zusammen, wie ein Uhu in der Sonne. Ich weiß bloß nicht, ob Uhus überhaupt Augenlider haben.

Marius nahm ab. Er horchte. Seine Stirn bekam Falten. Er warf mir einen besorgten Blick zu.

«Gut. Danke.»

Und legte wieder auf.

«Schluß damit, Luigi», sagte Marius (oder so was ähnliches), Caruso nickte etwas enttäuscht, ging wieder raus und steckte dabei den Colt in seine Hosentasche.

Marius sah mich mit einem unbeteiligten Gesicht an.

«Ich weiß, wo Memphis Charles ist», sagte er auf Französisch.

Ich erwiderte nichts darauf. Ich glaubte ihm nicht. Ich dachte, das war wieder ein Trick, damit ich rede.

«Sie wurde verhaftet», erklärte Marius. «Ich hatte gerade einen, hm, Beamten am Ende vom Telefon. Sie haben ihren Wagen auf einem Parkplatz gefunden und eine Falle aufgestellt, verstehen Sie?»

«Eine Falle gestellt», murmelte ich zerstreut.

«Genau. Eben kommt dieses Mädchen, um den Wagen zu holen. Sie wird verhaftet. Sie wird ins Gefängnis gesteckt. Sie können gehen, Tarpon.»

Ich nickte. Und ging zum Ausgang. Ich dachte an den Mordsärger, den ich bekommen würde. Aber etwas anderes machte mir noch mehr Sorgen. Als ich die Türklinke in der Hand hielt, drehte ich mich um.

«Wenn sie im Knast ist, können Sie ihr nicht mehr tief in die Augen blicken. Dann müssen Sie Justitia walten lassen.» (Er antwortete nicht, sondern lächelte beinahe.) «Oder?» meinte ich noch.

«Wenn sie mein kleines Mädchen getötet hat, werde ich sie zerstören. Wo auch immer sie ist. Selbst im Gefängnis.»

«Gut», sagte ich. «Auf Wiedersehen, Gorizia.»

«Adieu, Tarpon.»

Ich trat durch die Tür. Im Vorzimmer spielten Caruso

und der Fahrer des Mercedes auf einem runden Tischchen Russische Dame. Sie gaben mir meine Uhr, meine Schlüssel und meinen Stift zurück. Dann ging ich.

An der Windschutzscheibe des Aronde flatterten nunmehr zwei Knöllchen. Diesmal nahm ich mir die Zeit, zerriß sie und warf sie in den Rinnstein. Ich hatte es nicht mehr so eilig. Ich stieg ins Auto. Ich war müde und hatte Hunger. Ich sagte mir, daß es am besten war, nach Hause zu fahren und auf die Flics zu warten, da sie ja früher oder später dort aufkreuzen würden.

Es war 13.15 Uhr, als ich den Aronde in der Rue Saint-Martin abstellte. Ich fand einen Lebensmittelladen, der offen hatte, und kaufte eine Dose William Saurin Cassoulet und eine Flasche Amstel.

Als ich meine Treppe hochstapfte, hätte ich beinahe einen zerknautschten Mann in einem braunen Dreiteiler umgerempelt, der das Kunststück fertigbrachte, gleichzeitig Glatze und Schuppen zu haben.

«Sind Sie vielleicht Monsieur Tarpon, Eugène, Louis, Marie?» fragte er beflissen.

«Ja.»

«Ein Vorladung für Sie.»

Er mühte sich mit dem Verschluß seiner Aktentasche ab. Ich bekam mein Stück Papier am Ende doch noch. Er ließ mich eine Empfangsbescheinigung unterschreiben.

«Einen schönen Tag noch!» verkündete er lauthals und verschwand.

Mit dem Schreiben wurde ich für Freitag (das war übermorgen), 15 Uhr, vor den Untersuchungsrichter Desrousseaux geladen. Ich faltete das Dokument sorgfältig zusammen, soweit mir das mit Cassoulet und Bier in den Händen möglich war, und stopfte es in die Tasche. Schließlich kam ich oben an. Und betrat meine Wohnung.

Es war etwas unordentlich. Nicht die Unordnung, die ein Einbrecher hinterläßt. So wie bei einer Durchsuchung ohne

Durchsuchungsbefehl. Augenscheinlich hatten die Polizisten nach meiner Entführung eine kleine Besichtigung der zwei Zimmer vorgenommen.

Ich stellte meinen Cassoulet und mein Bier in der Küche ab. Ich zog mich aus und versuchte gerade, mich am Spülbecken zu waschen. Und prompt klingelte wieder das Telefon.

«Ich hab vielleicht ein halbes dutzendmal versucht, Sie zu erreichen», sagte Haymann. «Ich wollte schon fast die Flics ins *Hilton* schicken. Wo sind Sie denn gewesen? Warum haben Sie mich nicht angerufen?»

Ich erklärte es ihm kurz. Ich hatte Seife an der Hand und machte den Hörer ganz naß.

«Gorizia?» wiederholte Haymann. «Kenn ich nicht. Ich muß dazusagen, daß ich mich mit der modernen Unterwelt nicht gut auskenne. Aber sagen Sie mal, ich stehe neben dem Hotel. Sind Sie auf dem laufenden?»

«Welches Hotel? Worüber auf dem laufenden?»

«Hören Sie auf, ständig den Blödmann zu mimen, Tarpon! Das Hotel, in dem Sie mit Memphis Charles abgestiegen sind. Unter dem Namen Monsieur und Madame Malone. Es gibt was Neues. Häßliches. Betrübliches.»

«Betrüben Sie mich.»

«Unter der Matratze hat man nämlich eine Menge schweinische Fotos gefunden», erklärte Haymann. «Negative, wo die Griselda drauf ist, immer mit anderen Partnern. Und eine Liste mit den Namen der Partner. Die Namen hab ich nicht herausbekommen. Jedenfalls prima Material zum Erpressen. Aber das ist noch nicht das Betrüblichste.»

«Betrüben Sie mich nur weiter.»

«Ein Messergriff, sagt Ihnen das was? Ein ziemlich blutbeschmierter Messergriff. Alfonsino ist doch auch mit einem Messer getötet worden?»

«Ja», seufzte ich. «Und das Messer ist abgebrochen. Es fehlt der Griff.»

«Ich denke fast, man hat ihn gefunden.»

«Ja.»

Wir schwiegen gut zwanzig Sekunden lang. Ich hörte unsere Atemgeräusche in der Leitung.

«Fanden Sie die Kleine nett?» fragte Haymann schließlich.

«Ja», sagte ich. «Ja, ich fand sie nett.»

Kaum hatte ich das Gespräch beendet und einen Fuß zum Waschen in das Spülbecken gehoben, als das Telefon erneut klingelte. Diesmal war Gérard Sergent an der Strippe. Er wollte wissen, ob es was Neues gebe, was ich mache, was ich gemacht hätte. Ich sagte ihm, wie die Dinge standen. Ich erwähnte nichts von dem Heuler, Marius Gorizia, weil ich meine, daß man das Andenken, das ein Kerl an seine Mutter hat, nicht in den Schmutz ziehen sollte. Ansonsten erzählte ich fast alles, auch mein Verschwinden mit Memphis Charles. Früher oder später hätte er es sowieso erfahren.

Er nahm die Dinge viel gelassener auf, als ich dachte.

«Sie dachten, Sie tun das Richtige», seufzte er.

«Ja.»

«Und was gedenken Sie jetzt zu tun?»

Das fragte ich mich auch.

«Ich bin mir nicht sicher, ob die Kleine schuldig ist», sagte Gérard Sergent.

«Warum?»

«Diese versteckten Sachen ... Unter der Matratze, sagen Sie? Scheint ja ein ziemlich lächerliches Versteck zu sein. Vor allem in einem Hotel.»

«Ja», sagte ich.

Dieser Bauerndepp richtete mich vielleicht wieder auf! Verdammt!

«Bleiben Sie bitte an der Sache dran, ja?» bat er.

«Ja.»

«Und außerdem», sagte er, «ein Mädchen... Noch dazu ein so junges, hm? Ein junges Mädchen macht so was doch nicht, Leute töten.»

Noch einer, der glaubte, daß Frauen sanftmütig, zerbrechlich und rein waren. Trotzdem, der richtete mich wirklich auf.

Wir redeten noch einige belanglose Sätze. Dann ging ich mich wieder waschen.

Dieses Mal wurde ich nicht dabei gestört. Ich wusch mich von Kopf bis Fuß und rasierte mich auch. Ich zog eine alte braune, breitgerippte Cordhose an, ein kariertes Hemd und schwarze Nylonsocken. Ich schlüpfte in meine Pantoffeln. Ich machte die Dose Cassoulet auf, schüttete den Eintopf in eine Casserole und machte ihn heiß. Ich setzte mich mit dem Bier und dem Cassoulet an den Tisch. Ich aß aus dem Topf und trank aus der Flasche. Dabei dachte ich nach.

Als ich gegessen hatte, war es 14.50 Uhr, Donnerstag nachmittag; am Montagabend hatte dieser beschissene Kuddelmuddel angefangen, und in zweieinhalb Tagen war ich um zehn Jahre gealtert. Ich ging zum Telefon, nahm den Hörer ab und rief *Thunder Films* an.

Lyssenko war gerade angekommen, und man stellte mich ohne großes Trara zu ihm durch.

«Den Zaster für das schweinische Foto», fragte ich, «den sollen Sie doch heute 17 Uhr am Bahnhof Montparnasse deponieren?»

«Ich hab Ihnen vermutlich gesagt, daß ich überhaupt nicht daran denke, dort ...»

«Ja», fiel ich ihm ins Wort. «Ich weiß. Aber würde es Sie sehr stören, die Fahrt dorthin trotzdem zu machen, mit einem Koffer voller alter Zeitungen oder so was in der Art?»

Er überlegte kurz.

«Sie wollen ihm eine Falle stellen?»

«Na klar.»

Er brummte etwas vor sich hin.

«Der Hornochse wird sich ein anderes Spielchen für uns ausgedacht haben», sagte er. «Man muß ja schwachsinnig sein, wenn man jemandem den Zaster auf diese Art abknöpfen will, oder? Ist Ihnen das nicht klar? Die Schließfächer im Bahnhof? Das ist eine Finte.»

«Selbstverständlich», sagte ich. «Sie werden unterwegs angegriffen.»

«Was?»

Ein Aufschrei. Aber eher erregt als erschrocken.

«Der Kerl verlangt, daß Sie zu einer bestimmten Zeit am Bahnhof sein sollen», erklärte ich geduldig. «Er schreibt Ihnen aber auch vor, wann Sie Ihr Büro mit dem Kies zu verlassen haben, nämlich Punkt 16 Uhr, nicht wahr? Er wird Ihnen auflauern, Sie verfolgen und Ihnen den Zaster unterwegs abnehmen. Das ist ganz offensichtlich.»

Lyssenko hatte es für einen Moment die Sprache verschlagen. Dann:

«Meine Fresse, Sie sollten Drehbuchautor werden!»

Ich tat, als ob ich mich geschmeichelt fühlte.

«Wie auch immer», meinte ich noch, «würden Sie das denn machen oder nicht?»

«Ah! Verdammt!» rief Lyssenko begeistert. «Sie werden mir Geleitschutz geben, oder? Sie beziehen vor dem Büro Posten, folgen mir, und wenn er dann versucht, mir die Tasche wegzunehmen, überwältigen wir ihn beide, nicht? Oder? Sind Sie einverstanden? Ah, verdammt! Daraus mach ich einen Film! Denken Sie, daß es ein und derselbe Kerl ist, der Erpresser und der Mörder der armen Kleinen?»

Ich sagte, daß ich es nicht wüßte. Was jedoch seiner Begeisterung keinen Abbruch tat.

«Das wird alles arrangiert», sagte er geheimnisvoll. «Wann können Sie hier sein, Tarpon?»

«Bei dem Verkehr erst kurz vor vier Uhr. Ich komme nicht ins Haus. Wenn Sie dann rauskommen, liege ich irgendwo auf der Lauer.»

Er freute sich wie verrückt. Er erklärte mir selbstgefällig, wie er dann angezogen wäre, welches Auto er hätte, in welcher Farbe. Bevor er auflegte, sagte er noch, ich solle mich beeilen.

Ich hängte ebenfalls ein und starrte auf den Apparat. Ich hätte Coquelet anrufen müssen. Ich tat es nicht.

Ich wirbelte in den zwei Zimmern herum und versuchte mich zu erinnern, was ich mit meiner glorreichen P 35 gemacht hatte, wo ich sie vorgestern wohl hingesteckt haben könnte, ehe mich die Palästina-Sympathisanten eingesackt hatten. Ich fand das Ding schließlich in einer Schreibtischschublade, nachdem ich viel unwahrscheinlichere Stellen durchwühlt hatte. Der Waffenbesitzschein lag obendrauf, mit einem Zigarettenbrandfleck. Die Ordnungskräfte hatten ihre Spuren hinterlassen. Ich prüfte, ob die Waffe geladen war. Ich hatte nicht vor, sie auf offener Straße zu benutzen. Ich bezweifelte sogar, daß sich überhaupt jemand an Lyssenko ranmachen würde, so wie die Dinge standen. Aber man konnte ja nie wissen, und ich drohte überzeugender mit einer Automatikwaffe, wenn sie geladen war.

Ich stopfte die belgisch-deutsch-polnische Browning in die Seitentasche der zu meiner Hose passenden Cordjacke. Ich streifte die Jacke über, zog meine Schuhe wieder an und ging zur Tür. Es war genau 15.15 Uhr, als mir ein Tropfen Blut auf die Hand fiel.

22

Ich dachte zuerst, es wäre Wasser. Das Haus ist sehr alt, unterliegt dem 1947 erlassenen Gesetz über die Mietpreisbegrenzung, und der Eigentümer macht so wenig wie möglich. Leitungen, Wände, alles undicht in der dreckigen Bruchbude, und ich dachte, in Stanislavskis Wohnung käme was aus einem Rohr und tropfte durch den Holzfußboden. Dann betrachtete ich meine Hand genauer und stellte fest, daß der Tropfen schmutzigrosa war. Ich blickte nach oben und sah einen großen braunen Fleck an der Decke.

Ich verließ meine Wohnung und stieg eine Etage nach oben. Stanislavski antwortete nicht auf mein Klingeln und Klopfen. Erst in diesem Augenblick wurde mir vollends bewußt, daß da Blut aus der Wohnung des Schneiders getropft war. Also stieß ich die Tür mit einem kräftigen Tritt in Höhe des Schlosses auf. Gips platzte ab, und die Tür knallte gegen die Wand. Ich ging in das Zimmer.

Ein Gemetzel. Es hatte sich lange gewehrt, das tapfere Schneiderlein. Die Möbel waren umgestürzt. Die Nähmaschine zertrümmert. Auf der gesamten Länge einer Wand war der Behang aus Cretonne heruntergerissen. Die Regale dahinter, die in der gesamten Breite der Trennwand gestanden und bis zur Decke gereicht hatten, waren verwüstet und zerbrochen, Bücher lagen überall im Zimmer und auf dem Bett verstreut. Stanislavski muß sich, als er umgebracht wurde, an die Regale geklammert und alles umgeworfen haben.

Es lag zusammengekrümmt zwischen Bett und Wand, das tapfere Schneiderlein. Sein Körper war teilweise mit Stoff bedeckt und mit Büchern. Er hatte etliche Stiche in den Rücken bekommen, vielleicht zehn oder fünfzehn. Es sah aus wie Hackfleisch. Er war vollkommen ausgeblutet. Ich berührte ihn zögernd an der Schulter. Ich konnte einfach nicht glauben, daß Stanislavski wirklich tot war. Es war mir unmöglich zu begreifen, warum man ihn umgebracht hatte.

Das Blut war nicht mehr frisch. Es war schon geronnen. Doch der allerletzte Tropfen hatte sich einen Weg durch den blutgetränkten Dielenboden gebahnt, um mir auf die Hand zu fallen. Stanislavski war seit mindestens einer Stunde tot. Wahrscheinlich länger. Er war schon ganz starr. Als ich ihn anfaßte, sah ich, daß er über einem Buch zusammengekrümmt lag, das zur Hälfte zerrissen und völlig mit zwischenzeitlich geronnenem Blut getränkt war. Ich zog den Band unter ihm vor und nahm einige herausgerissene Seiten, die er in der Hand hielt, ebenfalls an mich. Trockenes Blut sieht eigentlich nie wie Blut aus. Das Buch und die herausgerissenen Seiten schienen in Kaffee getaucht zu sein. Ein brauner klebriger Packen. Widerlich.

Dem ersten Anschein nach war die Tatwaffe nicht am Tatort verblieben. Ich ging mit großen Schritten durch die zwei Zimmer und suchte, ich weiß nicht was; ein Indiz, nehme ich an. Meine Hände begannen heftig zu zittern, dann klapperten meine Zähne auch noch. Speichel lief mir durch die klappernden Zähne aufs Kinn. Meine Ohren glühten, ich sah alles nur noch verschwommen. Ich fluchte mehrmals leise und klopfte mit den Fingerknöcheln vorsichtig auf die umgestürzten Möbel.

Ich legte das blutgetränkte Buch auf das Telefontischchen. Es hieß *Die Massenpsychologie des Faschismus*. Ich lachte hysterisch. Ich verließ die Wohnung des Schneiders und ging die Treppe runter. Zwischen der dritten und der zweiten Etage bemerkte ich, daß ich immer noch die herausgerissenen Seiten in der Hand hielt. Ich stopfte sie in meine Tasche. Ich ging weiter die Treppe runter, meine Zähne hörten nicht auf zu klappern. Stanislavski und sein Tee. Die Art, wie er mich «M'sieu» nannte. Stanislavski, der nette Schneider. Oh, verdammte Scheiße!

Auf den letzten Stufen stieß ich mit der Säuferin zusammen, die als Concierge fungierte.

«Sie machen vielleicht ein Gesicht!» bemerkte sie.

«Monsieur Stanislavski liegt tot in seinem Zimmer», sagte ich.

Ihr Mund formte ein entsetztes O. Bevor sie in anderer Weise reagieren konnte, war ich schon aus dem Haus und auf dem Weg zur Rue Saint-Martin.

Ich stieg in Haymanns Aronde. Startete. Fuhr schnell. Nahm Kurs auf Saint-Lazare. Ein Tier zernagte mir das Hirn.

Kurz vor dem Bahnhof wurde ich durch einen Stau gestoppt. Ich sah auf meine Uhr. Zehn vor vier. Ich steckte die Hand in die Tasche und zog die blutbeschmierten Papierfetzen heraus, an die sich Stanislavski im Todeskampf geklammert hatte. Unter Flecken und Spritzern war gerade noch ein ziemlich verworrener Text erkennbar. *... Verjudung unseres Seelenlebens und Mammonisierung unseres Paarungstriebes* (stand da) *verderben früher oder sp...* (es fehlten Teile) *...chwuchs. Die Sünde wider Blut und Rasse ist...*

Offenbar ein Adolf-Hitler-Zitat. Die Autoschlange bewegte sich wieder vorwärts und ich mich mit ihr. Ich fuhr am Bahnhof vorbei und bog in Richtung Norden. Fünf bis sechs Minuten später hielt ich auf einem Fußgängerüberweg in der Einfahrt zu der kleinen, leicht ansteigenden Straße, in der *Thunder Films* residierte. Von dort hatte ich den Ausgang des Gebäudes im Blick, in dem sich das Büro befand. Es war drei vor vier. Ich sah wieder auf den Wisch in meiner Hand:

Unter den «Lastern der Eltern» kann hier nur gemei
mit fremdrassigem, also beson
üdischem Blut vermengten, wodurch die
«jüdische Weltpest» Eingang ins
ne arische Blut fa
irrationalen Sphäre der Syphilisangst ha
ntisemitismus des Nationalsozialismus
und mit allen Mitteln erkämpfenswert ist dann folgerichtig
die Rassenrei
s heißt, die Reinheit des Blutes.

Ich brauchte eine Weile, bis ich begriff. Dann wußte ich, wer auf Lyssenko wartete, irgendwo in den geparkten Autos oder aber in der kleinen Kneipe gegenüber von *Thunder Films*. Und ich wußte, daß man nicht nur auf ihn wartete, um ihm seine Tasche abzuknöpfen. Im selben Augenblick verließ Lyssenko das Haus, eineinhalb Minuten zu früh. Und Gérard Sergent kam aus der kleinen Kneipe.

Ich stürzte wie ein Verrückter aus dem Aronde auf die Straße, brüllte und versuchte, meine P 35 zu ziehen. Die Kimme verhakte sich in einem Loch in meinem Taschenfutter. Ich riß alles raus, das Futter mitsamt der Knarre. Gérard Sergent fing ebenfalls an zu rennen. Er überquerte die Straße. Auf der anderen Seite stand Lyssenko zu mir gedreht, vollkommen verdutzt wegen meines Gebrülls. Gérard Sergent hatte ihn beinahe erreicht. Ich blieb stehen, die Beine leicht gespreizt, die Füße bildeten einen Winkel von fünfundvierzig Grad; gleichzeitig lud ich meine alte Kanone durch und hielt den Arm fast ausgestreckt in

Augenhöhe, wie man es uns beigebracht hatte. Ich drückte auf den Abzug. Der Knall machte mich beinahe taub. Gérard Sergent fiel auf alle Viere in den Rinnstein, Lyssenko direkt vor die Füße. Ich wußte nicht, wo ich ihn getroffen hatte. Ich sah, daß er sich wieder aufrappelte. Aus seiner Hahnentrittjacke zog er ein Tranchiermesser. Lyssenko schleuderte ihm seine Tasche an den Kopf und flüchtete sich in das Haus.

Es ist vorbei, dachte ich, als ich mich im Laufschritt auf den Verletzten zubewegte. Der hatte sich inzwischen aufgerichtet und zu mir umgedreht. Seine rechte Gesichtshälfte war voller Blut. Allmählich langte es mir aber mit dem Blut.

«Schwein, Säuferkind, Hurensohn», meinte Gérard Sergent, während er mir entgegenkam.

Ich richtete die Automatikwaffe auf sein Herz.

«Lassen Sie das Messer fallen, mein Lieber», sagte ich.

Er stürzte sich auf mich, ich drückte den Abzug und schrie dabei meinen Ekel heraus. Die P 35 hatte eine Ladehemmung. Später sah ich, daß die erste Patrone nicht ausgeworfen worden war. Hatte was mit Rost zu tun. Gérard Sergent prallte gegen mich. Er fiel nach hinten und ich auf die Knie. Er grinste hämisch. Ich sah den Griff des Tranchiermessers aus meinen Rippen ragen und spürte den Stahl in meinem Körper.

«Dreckiger Jude», sagte Gérard Sergent zu mir, was absurd war, wo ich doch aus dem Departement Allier bin.

Dann verloren wir beide das Bewußtsein, und kurze Zeit später kam das Einsatzkommando und las uns auf.

23

«Er ist vor allem krank», sagte ich zu Haymann.

Der Journalist saß an meinem Bett, auf einem cremefarbenen Metallstuhl, von dem der Anstrich abblätterte, und der Geruch seines Regenmantels mischte sich mit dem des Krankenhaussaals. Er nickte und holte eine Gitane-Maïs raus.

«Rauchen ist hier verboten», bemerkte ich.

«Die können mich mal.»

Haymann zündete seinen Glimmstengel an. Er nahm genüßlich mehrere Züge hintereinander. Seine Zigarette wurde vom Speichel ganz feucht.

«Wahnsinn ist keine Entschuldigung», sagte er.

Ich seufzte.

«Das muß man verstehen. Sich vorstellen. Stellen Sie sich seine Kindheit vor. Drei Jahre jünger als seine Schwester. Und seine Mutter... Große Götter, hat Marius Gorizia neulich zu mir gesagt, diese Madame Sergent war nur eine erbärmliche Hure. Stellen Sie sich das mal vor, auf dem Land, in einem kleinen Ort. Die Dorfnutte. Ein Kerl nach dem anderen. Handelsvertreter, Viehzüchter, stellvertretender Bürgermeister, Soldaten. Stellen Sie sich vor, der Vater hängt sich auf. Nicht ohne sich vorher immer schon mit billigem Rotem und Calvados zugeschüttet zu haben.»

«Die Freuden des Landlebens», höhnte Haymann. «Weiß ich. Kenn ich. Die kleinen und die großen Meldungen aus dem Lokalteil. Der syphilitische Alkoholiker, der seine Familie mit der Mistgabel absticht. Den Eindruck hat Sergent aber nicht auf mich gemacht.»

Ich zuckte mit den Schultern, sehr zurückhaltend, weil ich mich nicht bewegen durfte. Es waren erst etwa vierzig Stunden vergangen, seit sie mich wieder zusammengeflickt hatten. Die Klinge hatte sich zwar alle Mühe gegeben, keine lebenswichtigen Organe aufzuschlitzen, war mir aber trotzdem gut fünfzehn Zentimeter durchs Fleisch gefahren. Reiner Zufall, daß sie nicht zum Rücken wieder herausgekommen war. Der Typ von der Unfallstation meinte, ich hätte unwahrscheinliches Schwein gehabt.

«Gérard Sergent», erklärte ich, «hat viel einstecken müssen. Vater Säufer. Mutter Hure. Vater Selbstmord. Schwester Louise legt genau in dem Moment mit ihren Ausschweifungen los, als Gérard in die Pubertät kommt. Wir hätten es merken müssen, als er uns immer wieder beteuert hat, daß sie rein wäre, keine Rumtreiberin, daß niemand sie gebumst hätte. Verdammt, wir hätten es merken müssen. Stellen Sie sich die beiden vor, Gérard und Louise, im selben Zimmer. Louise kommt im Morgengrauen heim, Gérard sieht ihr heimlich beim Ausziehen zu. An ihr haftet noch der Geruch eines anderen Mannes ...»

«Hören Sie bloß auf mit Ihren literarischen Spinnereien», unterbrach mich Haymann.

«... und er darf sie nicht besitzen», setzte ich wie im Traum fort. «Jeder besitzt sie, nur er nicht. Ebenso wie jeder außer ihm mit seiner Mutter geschlafen hat. Und so geht das jahrelang. Louise haut ab, mit den feinen Herren aus der Stadt. Sie macht schweinische Filme. Gérard besucht sie von Zeit zu Zeit. Er weiß, daß sie im Schmutz lebt. Sie läßt sich von Juden und Ausländern nehmen. Wann hat sich das mit den Juden und dreckigen Ausländern bei Gérard zur Zwangsvorstellung entwickelt? Was das betrifft, da können wir nur Vermutungen anstellen.»

«Anlässe werden sich ihm reichlich geboten haben», brummte Haymann. Anlässe dafür findet jeder.»

«Wie es dann genau zur Tat kam, weiß ich nicht», seufzte ich, «da kenne ich keine Einzelheiten. Ich hatte nicht so viel Zeit, um über die Einzelheiten nachzudenken. Ich bin mit Medikamenten vollgepumpt. Ich döse nur noch vor mich hin.»

Haymann ließ seine Fingergelenke knacken. Das Geräusch hallte in meinem Schädel nach. Es war kaum zu ertragen.

«Am Montagabend», sagte der Journalist, «kam Gérard seine Schwester besuchen. Eine Stunde vorher war er mit dem Zug eingetroffen; das wurde überprüft. Schon seit zehn Jahren hat er sich auf die kleine Louise stürzen wollen. An diesem Abend geht er tatsächlich auf sie los. Man wird nie erfahren, warum. Da müßte man in seinen Kopf reinschauen können. Jedenfalls geht er auf sie los. Sie wehrt sich. Ihm gelingt es nicht, sie ganz zu besitzen, weil er in dem Moment als Mann versagt. Er tötet sie. So einfach ist das.»

«So einfach», wiederholte ich.

«Er benutzt das Messer von Memphis Charles. Gleich nach seinem Anfall will er es ganz schlau anstellen. Er ruft bei den Flics an. Ahmt eine Frauenstimme nach und sagt, daß sich zwei Mädchen im Erdgeschoß der Wohnanlage prügeln. Dann hängt er wieder ein.»

Haymann zog an seiner Zigarette. Am anderen Ende des Saals schoben Subalterne Servierwagen herein. Man brachte das Essen. Meine Gedärme hatten zwar keine Löcher, doch mein Inneres war noch ein bißchen durcheinander, eine Art Operationsschock, deshalb bekam ich nur Reis.

«Den Rest der Nacht irrt er umher», fuhr Haymann fort.

«Am Morgen nimmt er sich ein Hotelzimmer, als ob er soeben mit dem ersten Zug angekommen wäre. Und dann erscheint er bei seiner Schwester. Er tut so, als ob er gerade von dem Mord erfährt. Die Flics nehmen ihn in Empfang und fahren mit ihm zum Leichenschauhaus, damit er die Tote identifiziert. Da angele ich ihn mir, um Ihnen den Kerl zuzuführen. Ich weiß nicht, warum er darauf eingegangen ist. Vielleicht lesen Bauerndeppen zu viele Krimis. Vielleicht machte es ihm Spaß, mit dem Feuer zu spielen.»

«Mit dem Tod», sagte ich. «Mit der Strafe.»

«Hören Sie bloß auf, überall Freud reinzubringen», meinte Haymann höhnisch. «Weil Sie in einem Schmöker über Psychoanalyse die Erleuchtung gefunden haben, müssen Sie nicht gleich monoman werden.»

«Es ist Zeit, meine Damen und Herren», verkündete die Oberschwester zum dritten Mal und klopfte dabei mit einem Metallgegenstand, einem Löffel, glaube ich, an die Scheibe ihres Wachraums.

«Genausogut denkbar wäre, daß Gérard Sergent immer über den Stand der Ermittlungen unterrichtet sein wollte», sagte Haymann. «Oder was weiß ich.»

Die Oberschwester kam auf uns zu. Die anderen Besucher waren gegangen. Haymann zündete seine ausgegangene Maïs wieder an.

«Das Böse ist nie eindeutig», erklärte er schulmeisterlich durch seinen Zigarettenstummel hindurch.

«Sie müssen jetzt aber, Monsieur. Es ist Zeit», sagte die Oberschwester.

«Sie sehen doch, daß ich spreche!»

«Also wirklich, Monsieur, machen Sie schon.»

«Die anderen Morde», sagte Haymann zu mir, «kann ich mir nicht erklären. Er ist wirklich durchgedreht.»

«Sie müssen jetzt gehen, Monsieur!» meinte die Oberschwester schon leicht gereizt.

Sie wurde ganz rosa vor Erregung. Und sie war furchtbar häßlich. Haymann stand auf. Er zog ein broschiertes Heft aus der Tasche seines Regenmantels und ließ es laut auf den Blechnachttisch klatschen. *Drei Abhandlungen zur Sexualtheorie.*

«Ist kein Porno», erklärte der Journalist. «Aber ich dachte, das hilft Ihnen beim Einschlafen. Ich komme heute abend wieder, und dann will ich eine psychoanalytische Erklärung für die anderen Morde.»

Er kicherte und ging.

24

WOCHENZEITUNG «DETECTION» VOM DARAUFFOLGENDEN DONNERSTAG, AUSZÜGE AUS DEM ARTIKEL «GEISTESGESTÖRTER SCHWESTERMÖRDER WOLLTE ALL JENE KASTRIEREN, DENEN DIE SCHWESTER IHRE GUNST GESCHENKT HATTE»

... Der Anblick des Blutes auf diesem durch die letzten Zuckungen des Todeskampfes halbentkleideten Körper war so etwas wie ein todbringender Auslöser im besessenen Hirn des Mörders. Er glaubte, daß er wieder zuschlagen mußte, wieder töten mußte, bis er gefaßt würde oder gegen alle Schuldigen der Schlag geführt war. Wissenschaftlern und Psychologen ist dieses Phänomen des Schuldkomplexes wohlbekannt. Von nun an ist Gérard Sergent wie ein vom Tod Besessener, erbärmlicher Erzengel, der drohend sein Messer wie ein stählernes Geschlecht emporstreckt und anderen in seiner Raserei das zufügt, was er selbst gern erleiden würde.

DIE SCHÄNDUNG TILGEN

Das kranke Denken des Schwestermörders richtet sich gewissermaßen automatisch auf jene, die seiner Schwester diese Schändung zugefügt haben, welche Gérard jetzt mit aller Kraft mit Blut reinzuwaschen versucht. Der Hauptschuldige ist seiner Meinung nach Edouard Alfonsino, der hübsche Kerl mit den fragwürdigen Manieren, der das Starlett von sich abhängig gemacht hatte, zu seinem willenlosen Werkzeug bei ausschweifenden Orgien, die er in vornehmen Vierteln für eine dubiose Gesellschaft organisierte, in der schöne Jünglinge, nervlich zerrüttete Künstler, Gigolos, auf Frischfleisch versessene Produzenten und weitere Vertreter einer trübseligen «Dolce vita», von Marihuanaschwaden und Alkohol vernebelt, zusammenfanden.

Zudem hatte Gérard unvorsichtigen Äußerungen seiner Schwester entnommen, daß er bei dem schönen Eddy verschiedene Aktenmappen finden würde, in denen eine Menge kompromittierender Fotos zusammengetragen waren, die sich inzwischen in den Händen von Kommissar Coquelet befinden und die sicherlich etliche angesehene Leute um ihren guten Ruf bangen lassen. Die Entscheidung des Mörders steht fest. Der schöne Eddy wird sein nächstes Opfer.

Unmittelbar nachdem er die Wohnung des Organisators raffinierter Spiele am Mittwochmorgen, dem 18. April, betreten hat, stößt Sergent zu. Ein Stich genügt. Als Eddy sich in Krämpfen windet und stirbt, bricht die Klinge. Mit schockierender Gefühlsroheit nimmt sich der Mörder sogar noch Zeit und durchwühlt das Studio seines leblos auf dem Teppichboden liegenden Opfers, um sich der gesuchten kompromittierenden Dokumente zu bemächtigen. Erst als er sie gefunden hat, ergreift er die Flucht, den blutigen Griff seiner Waffe in der Tasche und die Dossiers des schönen Eddy an sich gepreßt.

DER BLUTRÜNSTIGE SCHLACHTPLAN EINES IRRSINNIGEN

Noch ehe der Mörder von den skandalösen Bildern erfuhr, hatte in seinem gestörten Denken ein irrsiniger Schlachtplan Gestalt angenommen. Knapp eine Stunde nach dem Tod des schönen Eddy gehen überall in Paris Rohrpost-

briefe ein: Die Empfänger sind ausnahmslos Vertreter jenes zweifelhaften Milieus, in dem sich die allzu anschmiegsame Griselda bewegte. Jeder Umschlag enthält ein Foto und eine Nachricht, worin der Besessene für den nächsten Tag jeweils zu verschiedenen Nachmittags- und Abendzeiten eine Million alte Franc fordert. Die verschiedenen Empfänger haben eines gemeinsam: Alle haben irgendwann einmal die Gunst des vergnügungssüchtigen Starletts genossen, und die Bilder zeigen sie in den Armen der jungen Frau. Diese Fotografien, schwindelerregende Anhäufung infernalischer lasziver Stellungen und zugleich greifbarer Beweis nicht zu überbietender Lasterhaftigkeit, befinden sich gegenwärtig in den Händen der Polizei, die sie sorgsam jedem neugierigen Zugriff entzieht.

Wie er Kommissar Coquelet und dem Kriminalbeamten Coccioli gestehen wird, hatte der Verbrecher nicht die Absicht, seine Opfer lediglich zu erpressen. Vielmehr wurde er vom Verlangen zu töten beherrscht. Einzig der Tod und grauenerregende rituelle Verstümmelungen schienen ihm eine angemessene Sühne für jene dem äußeren Schein nach so guten Familienväter zu sein, die insgeheim die verführerische Griselda zum Objekt ihrer unvorstellbaren Zügellosigkeiten gemacht hatten. Jeden sollte es treffen, und so nimmt sich der Besessene vor, mehr als sechs Personen mit ausgeklügelter bestialischer Grausamkeit abzuschlachten.

... Aber der Zufall legt Sergent ein Opfer in den Weg, auf das er nicht gefaßt war und das letztlich auch seinen Untergang herbeiführen wird.

MEHR ALS ZWANZIG MESSERSTICHE

Jenes Opfer ist Thaddée Stanislavski, ein friedfertiger fünfundsechzigjähriger Schneidermeister, der über dem Ermittler Eugène Tarpon wohnt. Der kleine ruhige Handwerker ist seinen Nachbarn gern behilflich. Er hat dem ehemaligen Gendarmen versprochen, Charlotte Schultz, alias

Memphis Charles, in dem kleinen Hotel, in dem sie untergetaucht ist, anzurufen und ihr zu raten, sich der Polizei zu stellen.

Doch der Zufall schlägt wieder einmal schicksalhaft zu. Als der kleine Schneider gerade telefonieren will, klingelt jemand an seiner Tür. Sergent. Mit übelster Schamlosigkeit kommt der Mörder Tarpon besuchen, um sich zu erkundigen, ob es etwas Neues in der Sache gibt!

Der kleine Schneider ist völlig arglos. Er wird nicht mißtrauisch. Er kennt Sergent, den er schon zusammen mit Tarpon gesehen hat. Es kommt ihm nicht in den Sinn, daß dieser dicke blonde Junge mit den kleinen kindlichen Augen ein mordendes Ungeheuer sein kann, das bereits seine eigene Schwester auf dem Gewissen hat und weitere Morde im Schilde führt.

Stanislavski läßt den jungen Mann also herein und bietet ihm, wie die Untersuchung ergeben wird, sogar Tee an. Da ihm die subtilen Ermittlungsmethoden in einem Kriminalfall nicht geläufig sind, glaubt er, mit Charlotte Schultz telefonieren zu können, obwohl Sergent im Nebenzimmer weilt und das Gespräch mit anhört.

Als dieses beendet ist, keimt in dem gequälten Hirn des Mörders ein teuflischer Plan. Er verlangt die Telefonnummer. Gehorcht der Schneider arglos? Oder weigert er sich? Sticht Sergent ihn nieder, um einen lästigen Zeugen zu beseitigen oder ist die unglaubliche Brutalität, die er an den Tag legt, als er den Schneider mit mehr als zwanzig Messerstichen durchbohrt, eine Foltermethode des Irrsinnigen, um sein Opfer zum Sprechen zu bringen? Man wird es wahrscheinlich niemals erfahren.

Fest steht allerdings, daß der Mittsechziger in einer Blutlache seinen Verletzungen erliegt. Sergent besitzt nun endlich die kostbare Telefonnummer und findet auch bald heraus, in welchem Hotel sich Charlotte Schultz versteckt. Das junge Mädchen hatte jedoch kurz zuvor in panischer

Angst ihr Zimmer verlassen. Sergent verschafft sich Zutritt zu dem Raum und deponiert dort Beweisstücke, die, so hofft er, für eine Anklage der Stuntfrau ausreichen, damit er Zeit gewinnt, um mit den Millionen zu fliehen, die er noch am gleichen Abend an sich zu bringen hofft. Doch er hat nicht mit dem überwältigenden Gespür von Eugène Tarpon gerechnet ...

Der Artikel war noch lange nicht zu Ende. Er enthielt sechs Fotos: zweimal Griselda Zapata in lasziven Posen, Memphis Charles beim Verlassen des Büros von Untersuchungsrichter Desrousseaux, Gérard Sergent auf seinem Militärpaßbild, Kommissar Coquelet und der Kriminalbeamte Coccioli und schließlich Ermittler Eugène Tarpon (mit dem überwältigenden Gespür) in seiner Gendarmerieuniform.

25

Eine Woche nach meiner Einlieferung wurde ich wieder aus dem Krankenhaus entlassen, weil ich nicht genügend auf der hohen Kante hatte. Zu Haus mußte ich dann noch vierzehn Tage im Bett bleiben, damit alles verheilte. Ich erfuhr, daß der Scheck über 3500 Eier, den Gérard Sergent mir ausgestellt hatte, gar nicht gedeckt war; es hätte mir also nichts gebracht, wenn ich noch die Zeit gehabt hätte, ihn einzulösen, bevor alles anfing schiefzugehen.

Haymann war ganz prima. Er kam mich jeden Tag besuchen und gab zum Beispiel der Concierge Geld, damit sie mir was zu futtern raufbrachte und solche Sachen. Sie war ständig besoffen und erzählte mir ihre Familiengeschichten. Das entspannte mich.

Vor allem ließ mir der Journalist 2000 neue Franc zukommen für die Exklusivrechte an meinen vertraulichen Mitteilungen und bastelte aus der Sache eine unheimlich atemberaubende Erzählung zurecht, die in die Zeitung kam und für ein Wochenblatt ins Italienische übersetzt wurde. Und dann hat er jede nur erdenkliche Reklame für mich gemacht, damit mir Coquelet und Coccioli nicht allzusehr auf den Wecker fallen. Mein Gespräch mit Richter Desrousseaux fand erst statt, als ich wieder auf den Beinen war. Man könnte sagen, daß ich mir ein paar Anschnauzer gefallen lassen mußte, aber Anklage wurde keine erhoben.

Zudem erhielt ich eine Woche nach meiner Entlassung aus dem Krankenhaus einen Scheck über eine Million alte Franc von einem gewissen Terracini. Ich habe nie erfahren, wer dieser Herr ist, aber man braucht seinen Grips nicht allzusehr anzustrengen, um zu erraten, daß Marius Gorizia dahintersteckte.

Nachdem alles bezahlt war, das Krankenhaus und ein paar andere Kleinigkeiten, meine Quartalsmiete usw., hatte ich also noch 10 Mille auf der hohen Kante, und das konnte ja schließlich nicht jeder mit einem Messerstich im Bauch von sich behaupten.

Das Leben war eigentlich schön.

Als es mir dann besser ging, versuchte ich, Alain Lhuillier zu finden, den kleinen Kerl, der mich am ersten Abend aufgesucht hatte, weil er erpreßt wurde, und dem ich in meinem Rausch mehr oder weniger eins draufgegeben hatte. Ich wollte ihm sagen, er solle nicht verzweifeln, ich würde mich gern um seine Angelegenheit kümmern, da es ja schließlich in diesem beschissenen Universum noch möglich wäre, nicht unterzugehen und sich aus dem Schlamassel zu ziehen.

Es war wahnsinnig schwer, ihn ausfindig zu machen, weil er mir seine Adresse nicht dagelassen hatte. Und als ich endlich seine Art Disco doch noch gefunden hatte, wurde mir gesagt, er habe aufgegeben, sei in die Berge verschwunden, man wisse nicht, wo er sich versteckt halte und was aus ihm geworden sei, und außerdem kontrollierten derzeit einflußreiche Leute den Laden. Es tat mir leid. Ich fühlte mich schuldig.

Memphis Charles kam mich besuchen. Sie war auch ohne Schwierigkeiten aus allem rausgekommen. Und natürlich immer noch sehr gut angezogen und ausgesprochen hübsch. Sie hatte einen Monat nichts von sich hören lassen, wegen einer Herzensangelegenheit, soweit ich das mitbekommen habe. Und sie verkündete mir, daß sie einen Toningenieur heiraten würde. Ich gratulierte ihr. Ich sah sie nie wieder.

Das war dann eigentlich schon alles.

Nein, eins hätte ich fast vergessen: Ich weiß nicht, ob Gorizia die Sache eingefädelt hat, oder ob es das schlechte Gewissen oder der Wahnsinn oder so war: Gérard Sergent hat sich jedenfalls während der Untersuchungshaft mit einem Nagel umgebracht.

Jean-Patrick Manchette

Knüppeldick

Série Noire

DistelLiteraturVerlag

ISBN 3-923208-44-8

Jean-Bernard Pouy

Larchmütz 5632

Série Noire

DistelLiteraturVerlag

ISBN 3-923208-45-6

Laurence Démonio

Eine Art Engel

DistelKrimi

ISBN 3-923208-40-5

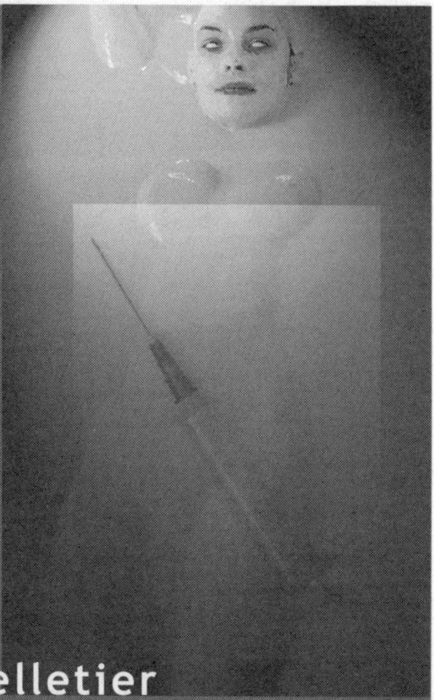

Chantal Pelletier
Eros und Thalasso
Série Noire

DistelLiteraturVerlag

ISBN 3-923208-46-4

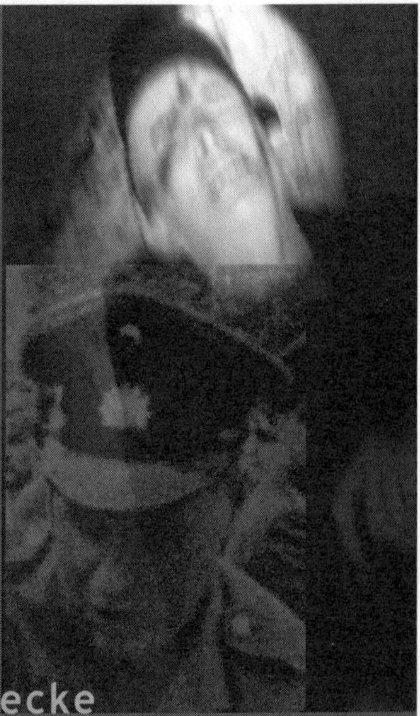

August Gödecke

Die Pest der Gewalt

DistelKrimi

ISBN 3-923208-41-3

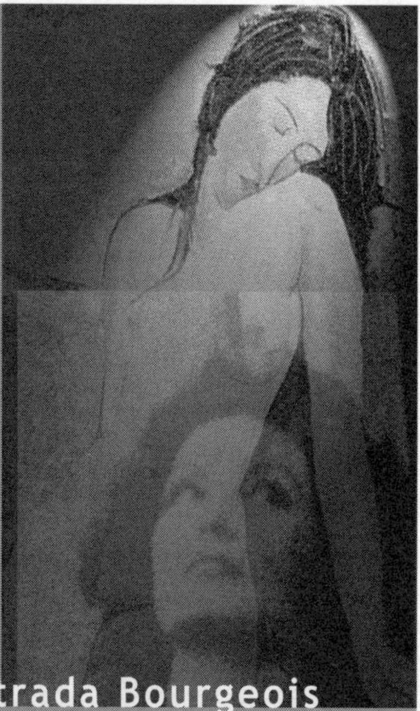

Roberto Estrada Bourgeois

Ein Modigliani aus Kuba

DistelKrimi

ISBN 3-923208-39-1

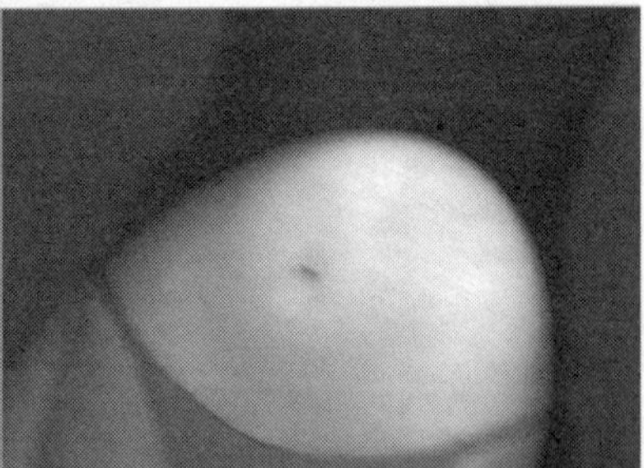

Jordi Sierra i Fabra

Tod in Havanna

DistelKrimi

ISBN 3-923208-42-1